U0082869

再見
不要再見

———————— Middle

The last time
We say goodbye.

有些人不再見或許會遺憾，

但再見也只是會自尋煩惱。

Contents

01

認識你嗎

那時候，所有朋友都猜到他喜歡她，

有些朋友問他為何會這樣死心塌地喜歡，

他總是答不上來。

即使現在再回想，還是無法得出一個結論⋯⋯

是呢，自己為什麼會這樣喜歡她？

再見，
不要再見

The last time
we say goodbye.

　　那夜，七時十分，他一眼就認出了她。

　　當時，他正坐在地鐵車廂裡的靠玻璃窗位置，頭倚在玻璃窗上，為著一天的勞累而發呆出神。他記得剛剛地鐵車長播報過，列車將會駛進尖沙咀站，再等多兩個站，自己就要下車了。於是他合上了眼，打算在這餘下的車程裡好好養神。

　　不一會，列車駛進尖沙咀站，他聽到車門打開的聲音、乘客出入的腳步與說話聲、再聽到車門關上前的提示音效；然後，他嗅到一陣熟悉的氣味。

　　是一陣香水的味道。

　　他知道這種味道，是屬於牌子 ANNA SUI 的香水系列，他清楚知道。以前，他每天都會聞到這陣香水味，偶爾，他也曾在街上遇到這一絲清香。每一次，他都會提醒自己，就只不過是一種香水味、就只是碰巧而已；但每一次，他還是忍不住回頭，尋找香氣的源頭，而最後，也總是以失望告終。

　　這一次也一樣，大腦在辨識到這種味道後，瞬即清醒過來。他緩緩睜開眼，視線往香水的來源移去，大約是在自己的右前方、車廂中央的位置。又會是陌生人嗎？他心裡有點害怕，卻又忍不住繼續搜索；但這一次似乎不一樣，他終於見到一個認識的人，那一個他曾經很熟悉的——她。

　　此刻她正站在車廂的中央，右手扶著欄杆，左手挽著皮

包，雙耳戴著耳機，像是在聽著歌。他繼續不動聲色地偷看著她，發覺她似乎並沒有看見自己，她所站的角度與視線正朝著別的方向，旁邊的乘客身影碰巧半掩了他，但他卻可以清楚看得到她整個人——這天她穿著淡粉色的夏裝，左胸上別有一只像是蝴蝶的襟花，黑色的暗花及膝薄裙，淺粉色的尖鞋子，配上左手挽著的名貴皮包，很常見的事業女性打扮。每天他都會在中環區，遇到不少這般穿搭的女性。

只是他從未見她這樣的打扮過，心裡有點意外。而更教他驚訝的是，她現在留了一頭長髮——最後一次見她的時候，記得還是短髮的嘛？他心想，雖然她以前曾經說過要留長髮，卻沒想到，在這沒有見面的一年之後，她真的將頭髮留長了。

而原來，都一年了，不知不覺已經一年⋯⋯

他凝看著她，想起自己以前怎樣的喜歡過她、怎樣為她茶飯不思過。那時候，所有朋友都猜到他喜歡她，有些朋友問他為何會這樣死心塌地喜歡，他總是答不上來。即使現在再回想，還是無法得出一個結論⋯⋯是呢，自己為什麼會這樣喜歡她？

她的臉，並不是十分漂亮，只是有一點可愛而已。身材只算普通，又不高䠷。雖然現在留了一把長頭髮、感覺上較以前成熟了些，但這類型的女性，他在每天上班的時候也會

● ● ●　來到這天，你還會否想念，那一位很久不見的人，已經不會再見的誰。

見到、甚至接觸不少，就像云云時下職場女性的其中一個，為什麼自己就是會為這一個人而那般傻過？

然後他又記起，以前那個傻笨的自己，為她做過些什麼——他試過用半份薪水買她的聖誕禮物、替她辦一連幾天的生日會、在她喜歡的人另有新對象後安慰陪伴失戀了的她、每天管接管送管吃管玩、甚至連她的愛貓愛狗也由他照料……

而，自己竟然不是她的男朋友。

想到這裡，即使已經過了這些日子，那點羞愧的感覺還是在心裡迴繞衝旋。再望向她，這年來他不讓自己去找她，他是不想自己再這樣的陷下去；只是同樣地，這一年她也沒有找過他，他不禁想，難道她就一點都不關心他的事情了嗎？

但他又苦笑了，如果她會關心自己，那當初他就不會決心離開她的生活範圍。

如果她真有當自己是一個真正的朋友，那當年他就不會做了那些令人發笑的傻事了。

他不由得搖搖頭，呼了口氣，對自己說，也許自己不應該這般小器？這些事都已經過去了。而此時此刻，兩人竟然在這裡再遇上，即使自己跟她不會有發展愛情的可能性，但這到底也算是一種難得的緣分呀；珍惜眼前、活在

當下，不是更為重要嗎？他不禁咧嘴一笑，決心要給她一點驚喜。

在默想了幾秒鐘後，他從衣袋中掏出手機，打開螢幕，瞬間就找到她的電話號碼，再按撥出鍵。他將手機放到耳邊，同時間看到她打開皮包翻弄。他心裡一樂，這時她掏出電話接聽了：

「喂。」

「喂。」他看著她說，「是我呀。」

「……你是？」

他有點失望，因為他看到她猶豫了，但還是應說：「不認得我了嗎？」

「對不起，」她的語氣帶著禮貌，但冷漠。「請問你是？」

「我是……」原本，他預計她會記得或認得自己，在用手機談過一會兒話後，就忽然對她說，大家原來是在同一個車廂裡、來讓她嚇一跳；可是他卻沒有料想過，她竟然不認得自己，這使得他不知道應該如何把話再說下去，只能繼續囁嚅：「我是……」

「請問你是哪一位？」她又再問，而他接著見到她拿開手機，觀看了一下顯示螢幕，然後再放回耳邊說：「對不起，我認識你嗎？」

● ● ● 其實最後，你也不會是他的誰，只是你仍會為了他的一切，而念念不忘。

他不由得茫然起來。

「對不起，我認識你嗎？」

他悄悄的按上終止通話鍵。

「對不起，我認識你嗎？」

再緩緩的將手機放回衣袋裡。

「對不起，我認識你嗎？」

這時他感到旁邊的乘客起身離座準備下車。

「對不起，我認識你嗎？」

他又看到她一臉不解地把手機放回皮包裡。

「對不起，我認識你嗎？」

然後，她就走來自己身旁空出的座位，坐下……

「對不起，我認識你嗎？」

———

　　他聞到她身上的香水，相隔了一年時間，如今再如此這般接近的感受到 ANNA SUI 的芬香、那曾經不能忘懷的女性氣味，但這種感覺此刻卻如一道針刺般，刺激他的大腦之餘，亦瞬間通向了全身五臟六腑。他忍不住反射性地站起，並立即轉身往尚未全開的車門衝去，然後一直走一直走，從擁擠的月台站頭，走去漸漸疏落的月台站末；然後直到列車

開走，他才懂得停下步來，茫然轉身回看那已經變得空盪的
車軌；然後他終於發現……

　　原來自己，已經坐過了三個車站。

● ● ●　即使他已忘掉你的一切，你卻會因為他的事情而想得太多，到最後，還是會默然苦笑。

02

更新

曾經聽人說過，

如果表白了，就算換來失敗，

但至少不會讓自己留有遺憾。

只是來到這天，他卻忍不住想，

如今連朋友也做不成，那是否又是另一種遺憾？

「我喜歡你，你可以做我的女朋友嗎？」

那天，他鼓起最大的勇氣，向喜歡了很久很久的女孩表白。

只見女孩一臉紅，明確來說，應該是有一點窘；女孩低下了頭，一直都沒有作聲。

他心裡開始有不好的預感，但還是鼓起剩餘的勇氣，開口再問：

「可以嗎？」

但女孩還是沒有開口。

最後就只是輕輕的，搖了搖頭。

———

在表白失敗之後，對他最大的轉變，就是再不能夠得到女孩的半點在乎。

從前，他們會每天每夜都傳短訊聊天，現在，不要說會再收到女孩的短訊，很多時候就連他的問候，她也是不會回覆。

「我們就不能夠再做朋友嗎？」

夜深，他終於在短訊裡忍不住問她。

然後等到第二天的下午，她才回覆：

「我想暫時還是保持距離比較好。」

保持距離，他苦笑，這是不是代表自己生人勿近？

或者真的是這樣吧。

他曾經聽人說過，如果表白了，就算換來失敗，但至少不會讓自己留有遺憾。

只是來到這天，他卻忍不住想，如今連朋友也做不成，那是否又是另一種遺憾？

「我覺得，做不成情人，也可以繼續做朋友嘛。」

以前，他曾經試著跟她討論這個問題、想暗暗探聽她的想法與心意時，她當時是這樣笑著回答。

「但是如果繼續做朋友，相處時不會很尷尬嗎？」他裝作平常地笑問。

「就算偶爾會尷尬，但如果是真正的朋友，我相信總會能夠跨過這一關的。」

直到現在，他還記得她當時臉上的那抹微笑，是如此讓人溫暖安心。

但如今，她都不會再跟自己微笑一下。

打電話給她，她不會接聽。

在朋友的聚會見到她，她也不會正眼望向自己。

彷彿自己是一個不祥物，漸漸他也放棄再打電話給她、再出席任何聚會。

● ● ● 我喜歡你，這句話，有時是開始，有時是終結。

在手機的訊息欄裡，輸入過多少次「再見」或「晚安」，
但每次最後也是沒有按下「發送」。

何必再勉強去靠近、去打擾，換來更多的距離，還有自
討苦吃。

可是被疏離的感覺，不只會發生在面對面的時候。

以前，兩人還很親近的時候，她常常會按讚他臉書裡的
每一條更新。

不論是普通的一句感受、有趣的新聞話題、又或是兩人
一起嚐過的美食照片、還是他偶然在路上看到的夕陽晚霞，
只要他放在自己的臉書帳戶裡，她總是會很快就發現他的更
新，然後又會立即按讚與留言。

「為什麼你每次都可以這麼快就按我的更新讚？」

有一次，他忍不住問女孩。

「我在你的臉書選擇了『接收通知』嘛，只要你有更
新，手機就會立即通知我。」說完，她微微吐舌。

「為什麼你會變成跟蹤狂，是受了什麼刺激嗎？」他臉
上雖然在苦笑，心裡卻是多麼高興。

「誰跟蹤你！我只是想看看你有沒有說我壞話！」她
嚷，臉上一片紅。

只是如今，他想，她應該是已經取消了接收通知的功
能吧？

　　否則，自己在臉書的每一則更新，現在為何會再得不到她的一個讚？

　　即使他分享的新聞，是以前她會感興趣的。

　　即使他貼了她喜歡的歌曲與歌詞，她也是不會再有任何反應。

　　就算他再上傳更多天空、夕陽與晚霞照，還是不可能再變回從前一樣。

　　漸漸他明白，她一定不想再理會自己。

　　漸漸他才發現，原來過往自己在臉書的多少更新，都是因為她的喜好而起。

　　那些照片裡的美食，本來都是她最喜歡的味道，是因為她帶他去品嚐，才漸漸也變成他的喜好。

　　那些新聞話題，也是因為她喜歡看，他才會開始變得常去關注。

　　他會分享她喜歡的歌曲，是因為他忘不了她在 KTV 唱那些歌時的聲線與神態。

　　他會在假期時到郊外拍攝夕陽晚星，是因為他想和她分享，是因為他期望有天能夠跟她一同駐足仰望。

　　原來自己的生活，已經被她影響及改變這麼多；但是如今，她卻不會再關心與在乎。

　　就算，他每天依然會繼續在臉書裡，發表她可能會喜歡

● ● ● 　喜歡一個人，有時會換來遺憾；彷彿越是認真，就越難去逃避這一個結果。

的更新，期望有天，終於能夠得到她的一個讚，期待哪天，終於可以與她和好如初⋯⋯

但是她依然沒有任何反應。

反而，隨著越來越多的更新，他得到其他朋友的不斷按讚與留言，甚至在某一天開始，引起另一個女孩的注意⋯⋯

————

「為什麼你常常都會在臉書裡分享夕陽的照片？」

那天，那一個女孩突然笑著問他，讓他有點不知所措。

「沒什麼⋯⋯只是喜歡日落的氣氛與感覺而已。」他回答。

「是嗎⋯⋯我也很喜歡看日落呢，有機會的話，找天我們一起去拍照吧。」

女孩依然看著他，滿臉笑意。

「⋯⋯哦，好呀。」

不知為何，他感到自己的臉有點熱了。

————

後來，他和那一個女孩漸行漸近，最後更變成真正的

一對。

　　然後有天，他們一同在臉書裡，宣佈已經在一起。他們的朋友都立即紛紛按讚及留言道賀，還祝福說他們要早點成家立室，讓他們在忙著回覆的同時，心裡泛起一陣柔情密意。

　　而在按讚的朋友當中，第一個按讚的，是他之前一直最想得到她關注的那個女孩。

　　他終於得到了她的按讚，只是他也已經不會再在意。

● ● ● 　越是靠近，越會發現彼此的不可能；到最後你只能學習心淡，或是從此讓自己心死。

03

仍在
重播的歌

但有些話，

真的要在合適的時候去說。

晚了再說，也只會為彼此帶來無盡煩惱。

「有沒有試過，和一個人突然走得很近很近，本來陌生的兩個人，忽然變得出雙入對，什麼事情你都會預定他的份。他會約你一起去做你以前不會做的事情，而你又竟然會輕易地答應，漸漸你發覺自己都變得不太像本來的自己，又會想這是不是才是真正的自己……那種節奏讓你覺得很不實在，很怕會突然消失、變回原狀，有時會想不如趁早離場，不要太認真、別讓自己有機會受傷，只是你又會不捨得這個人，即使他和你就只是普通朋友，你們之間沒有發生過什麼……」

「等等，」他打斷她，「你是想問我，有沒有試過這種情況，還是想告訴我，你試過這一種情況？」

她看著他，笑了一下，說：「對不起，我自顧自的說，沒有跟你說清楚前文後理……其實我只是有感而發而已。」

「但你好像感觸很深。」

他輕輕呼氣，拿著自己的咖啡喝了一口。只是她依然默不作聲，看著他，用沉默回應了他的猜想。

「是什麼時候發生的？」他問。

她抬起頭，像是想著該如何回答，最後她說：「是在去年這個時候。」

「已經一年了？」他驚訝，同時間有點納悶。他想起這一年來，她都沒有跟他提起過這件事情。

　　「嗯，是一年前⋯⋯但其實沒有這麼久，或者應該說，在很久很久以前我們早就已經完結了。」

　　「對方是誰呢？我認不認識？」

　　她默默的看著他，最後說：「你不認識，這其實不重要。」

　　「⋯⋯哦。」

　　「那時候真的好瘋，可以因為他的一個來電，半夜就走到街上與他一起去吃宵夜，然後一起呆到等太陽出現；又試過相約一起去爬山，就只有我們兩個，但最後卻沒有上山，反而去踏了一整天單車⋯⋯」

　　「快樂嗎？一定很快樂吧。」他輕輕的說。

　　「快樂。」她微微笑了一下。

　　「我明白你所說的，在那種氣氛下，即使本來平平無奇的小事，又或是原本會覺得無聊的行為，當事人都會覺得無比有趣。例如⋯⋯你有試過和他由市區步行回自己的家嗎？」

　　「試過啊！有一次晚上吃完飯，我們在海邊的公園散步，但走著走著，就走到了海岸的盡頭，結果他送我回家，總共走了四個小時⋯⋯」

　　看見她如此雀躍，他掀著嘴角細聽，等她說完了，才問：「不覺得累吧？」

● ● ●　總有些人，直到哪天不再親近，才發現他原來是有多麼重要。

再見，
不要再見

The last time
we say goodbye.

「一點也不覺得。」

「那後來呢？」

「後來？他自己一個人回家了。」

「不，我是問，後來你們怎樣了。」

聽到這個問題，原本笑著的她，又回復了之前的淡然。

她說：「有天，他約我出來看電影，我感到那天他像是想跟我說些什麼，只是到最後，我們說再見了，他還是什麼都沒有說。自那天開始，我們開始少了聯絡，他以前會立即回覆短訊，也漸漸變得慢了回應、甚至不再傳短訊……彷彿是從那一天開始，所有事情都突然脫離了軌道，有時想跟他說些什麼，但最後總會變成話不投機。很多時候他不是在忙，就是忘了，總感到自討沒趣，但又會覺得有點不忿。只是當你想不理他的時候，他又會突然傳來訊息……沒完沒了。」

「後來你有沒有問他，或是你自己有沒有想過，那一天他原本想要跟你說的話是什麼嗎？」

她茫然了一下，然後答：「沒有，之後我都沒有問。」

「為什麼不問呢？」

「或者是因為我心裡有一個想聽見的答案，最初我原本希望，他會跟我說的是，他也喜歡我……」

聽到她說「也」，他微微低下頭，讓自己笑了一下。

　　她續說：「只是當日子過去，我們之間的關係越來越差，漸漸連我自己都不敢相信，那時候他是真的對我有感覺……即使還是會忍不住留意他臉書的更新、手機有沒有他的訊息，但……最後又有什麼意義呢？」

　　「你沒想過要向他表白一次嗎？」

　　「不會。」

　　他嘆氣，苦笑說：「可能他也喜歡你啊，只是那時候不知道該怎麼開口。」

　　她也苦笑，回答：「但那時候最後他還是沒有開口，可能他喜歡我的程度，並不是真的太深吧？」

　　他搖搖頭：「你也沒有開口，但他如今還是一直留在你的心裡。」

　　她沒有答話，過了一會才說：「但有些話，真的要在合適的時候去說。晚了再說，也只會為彼此帶來無盡煩惱。」

　　「我認為，開口說清楚，那也是讓自己心息的一個好機會。」

　　「或許吧，其實真的要讓自己心息，機會多的是，只是自己願不願意去嘗試而已。」

　　他揚一揚眉，問：「例如呢？」

　　她別過臉，低下頭沉思好一會，然後說：「最近臉書

● ● ●　你是多麼不想錯過對方，只是他的心裡，也有著另一個不願錯過的誰。

流行一個遊戲，要朋友留言說，彼此最初是怎樣認識的。我看見他貼了這個遊戲，他的朋友都紛紛留言，而他也會一一回答及按讚；那時候我不知哪裡來的勇氣，給他留言了、說我們是怎樣認識，只是之後他沒有留言，也沒有按讚。」

「就只沒有回應你的留言？」

「嗯，他也有回應之後的留言，那時我才發現……我才願意承認，原來在不知道什麼時候，自己是被他厭惡了。」說到最後，她重重地笑了一聲。

「其實……」

「唔？」她留意到他的欲言又止。

「沒什麼，我只是覺得，他是沒有回應你的留言，但也不用讓自己太過放大他背後的意思啊。」

「如果我不這樣想，又怎樣可以叫自己心息呢？」

「但是會這樣去想，根本就是還未能夠心息的表現吧。」

她沒有承認，只是說：「我覺得自己可以了。」

「是嗎？」他笑問，這時候她的手機卻響起了鈴聲。她拿起手機，卻沒有立即接聽，他看見螢幕上顯示的是她母親的來電，正奇怪為何她不按下接聽鍵，但後來他才留意到，她原來是聽著那個電話鈴聲而出神……

一起長大的約定　那樣真心　與妳聊不完的曾經
而我已經分不清　妳是友情　還是錯過的愛情

——〈蒲公英的約定〉作詞：方文山／作曲：周杰倫

　　歌詞唱完了，她才按下接聽鍵。他一直微笑看著，直到
她跟母親講完電話，他才開口問：「談完了？」

　　「談完了，對不起。」

　　「不要緊。想聽一個故事嗎？」

　　「是怎樣的故事？」她有點意外。

　　「是一個無臉男的故事。幾年前，無臉男喜歡了一個女
生，但是不敢向女生表白。因為一次幸運，他得到和女生走
近的機會，那時候，女生經常都會打電話給他，跟他聊電
話聊到很晚，又會相約假期時要去做些什麼。那時候，每天
他們一回家，就一定會待在電腦前，與對方在臉書裡通訊。
有時會因為只顧著通訊，連飯也不去吃。有時甚至還會在電
腦前等到睡著了，為的只是等對方在線、和對方說一聲晚
安。」

　　聽著他說的這個故事，她心裡有點似曾相識的感覺，可
是又不敢開口去問。

　　他續說：「有一次，他們也是在市區裡吃過晚飯後，就

● ● ●　他不喜歡你，這不是你的錯，但你之後卻為此而一直耿耿於懷。

陪女孩兩人一起步行回家。四小時的路程裡，他一直都想向女孩表達自己的心意，只是當他看見女孩對自己微笑時的模樣，心裡覺得能夠這樣與她並肩同行，那就應該要心滿意足；而且他又害怕，自己的唐突會破壞當時的氣氛，於是原本想說的話，他最後都沒有說出口。他以為之後還會有機會再表白，但自那一次之後，他們開始變得疏遠了，在臉書裡聊天，他感到自己總是說錯話、不能理解女孩的真正想法，又或是只會讓女孩誤解了自己；他想過做一些事情讓女孩明白自己的心意，只是這刻想勇敢表達，下一刻又會怕她其實不曾在乎自己這個人，於是原本應該說的話始終都說不好，不應該說的話卻總是脫口而出⋯⋯漸漸，他都開始以自己能夠輕易得到女孩的討厭為榮了，即使他本來並不是真的想讓女孩更討厭自己。後來，兩人越來越少見面，也越來越少聯絡，即使之後他也時常借故在女孩的臉書裡留言、分享一些笑話，女孩偶爾也會和他分享一些生活上的煩惱，但他們就是始終沒法回去以前最親近的那個時候，就算他依然是喜歡著女孩、好想向她表達自己的心意；只是他也知道，那時候最應該說的話，自己已經錯過了表達的時機。就算如今自己依然未能放下、依然還會因為她一時的喜怒哀樂而過份在意，但自己又何必為了滿足自己的任性，而去打擾對方的生活？」

他一直留意著她臉上的表情變化，由原本的茫然、到之後的認真注視，他吸了一口氣，拿出了自己的手機，繼續說：「只是來到今天，無臉男偶然聽見了這一首歌曲。」

然後手機播出了，她剛才手機裡響起的鈴聲，周杰倫所唱的〈蒲公英的約定〉。

「自從那天，從無臉男與女孩越來越生疏開始，他就一直讓這首歌，設定成自己的手機鈴聲。最初，他會因為手機響起了這首歌，而忘了去接別人的電話，一次，兩次，三次，直到有一次他被一個不滿的朋友責罵，再如此沉溺下去，總有天會讓原本珍惜重視自己的人也離你而去；於是他開始改掉聽完鈴聲的習慣，他也以為自己可以看開了、放下了。只是後來他換過很多支手機，他還是會選用這一首歌做鈴聲，偶爾夜深無人，他會讓這首歌重複播放很多很多遍，即使之後他也遇過其他更加應該珍惜留住的人。但他今天知道，自己不可以再這樣下去了，是時候要讓這一首歌，從自己手機的播放列裡真正消失。」

說完，他按下鍵，將〈蒲公英的約定〉從手機裡刪除。

他輕輕嘆氣，看著雙眼通紅的她，繼續說下去：「無臉男花了五年時間，才可以真正放下一個人。希望你不會跟他一樣，為一個不在身邊的人，而讓自己空想得太多，到哪天仍然會為了過去的幻象而不能自拔。與其一個人猜想，不如

● ● ●　他已經不會再留在你的身邊，你又何必讓自己更加執迷不悟⋯⋯

把握機會，去親身面對面和他相處，你才會分得清楚自己真正的感情與思念程度。有交流、有互動，你才會知道你們是不是可以、應不應該再發展下去。」

她用力地呼吸一口氣，忍住淚水，問他：「如果到時他還是不肯理睬我呢？」

「那到時你也應該像我這樣認命了，叫自己好好心息啦。」

聽見他這樣說，她忍不住笑了，只是淚水也隨之滑落下來。

「對不起，讓你哭了。」

「不，我應該要向你說多謝才對。」

「加油吧。」他看看手錶，說：「已經這麼晚了？我要走了。」

「嗯。」

離開了咖啡店，她看著他，欲語還休。他看在眼裡，向她笑問：「怎麼了？」

她吸了一口氣，最後說：「沒事了，再見了，無臉男。」

「無臉男只是故事啦。」他皺眉。

「是嗎？」她微笑一下，向他揮揮手，然後轉身離開了。

他看著她的背影遠去，直到從視線裡完全消失，他拿出

手機，將耳機戴上，然後按了幾下鍵，耳邊又響起了熟悉的
旋律。

那首就算刪除了，但依然不會遺忘的歌。

● ● ● 到最後反而無法放過你自己。

04

黑色幽默

我知道，

我不過是你的朋友二號三號四號五號

甚至是從來沒有一個位置，

但我卻始終不能知道，你其實知不知道，

我早就已經太清楚知道這些難以對任何人與你

說得清楚的無奈與卑微。

深夜時分，手機終於響起鈴聲。螢幕上，顯示了你的照片與名字。

我躺在床上，拿起手機，看著螢幕中你那甜蜜的笑臉，輕輕呼了口氣，但還是無法平復心裡那點無奈。

這天我找過你，其實已經不下十次。

由第一次你的電話沒人接聽、到第四次直接被轉接去留言信箱、最後更只有接收不到訊號的錄音指示，本來我也想跟你一樣，直接關掉手機，就此算了。但是過了一會，還是不忍心，手機關了又開、開了又關，整個下午都在反覆來回⋯⋯

然後不知不覺，天也黑了，人已入眠。又一天了，但我還是在等，直到現在，才終於等到你的來電。

鈴聲依然未停。有一刻，心裡忽然好奇，這次你會讓鈴聲響多久，才會掛斷。掛斷之後，你又會不會再打電話過來，還是會就這樣放棄了，不會再找我。然後下一刻又會擔心，如果讓你一直空等，你會不會生氣？會不會，你其實是有重要的事來找我，會不會，其實你也真的想念我，會不會⋯⋯應該不會的，你只不過是習慣性地致電給我，你只不過是想知道、我今天找你幹嘛⋯⋯甚至是，你其實並不想知道我的想法或感受，你只是想有個人會接聽你的電話、陪你談天罷了？

　　然後，就在我這樣胡思亂想之間，鈴聲繼續響下去。我已經錯過了，平常立即接聽你來電的最佳時間——平常，我都會在十秒鐘內接聽的。只是隨著第十秒鐘變成過去，我內心反而開始找到一種久違的安寧。我跟自己說，我何必要這麼輕易接聽你的來電，我何必要如此顧及你的感受與想法……鈴聲終於停止了，我知道系統會自動將你轉接到留言信箱，而我也知道，按照過往的習慣，你是不會留言給我。我忍不住微微苦笑了一下，心裡同時又感到了一點失落。

　　只是下一秒鐘，鈴聲再次響起，螢幕又再顯示你的名字。我馬上按下接聽鍵，應道：「喂？」

　　難得，你的語氣沒有太多不高興，只是問：「你在哪裡啊，怎麼這樣遲，才接聽電話？」

　　我懶洋洋地說：「在家。」

　　你頓了一會，又問：「沒上街嗎？」

　　上街，原本這天是想約你上街的。

　　「沒有，整天在家。」

　　我冷冷的說，然後電話裡的氣氛變得有點難堪；你沒有作聲，我心裡不禁有點後悔，為什麼要用上這種語氣。幸好，你卻笑了一聲，語調輕快地說：「今天我好累啊。」

　　「為什麼好累？」我忍不住問，還記得，昨天晚上你

　　●　●　●　　有時你會提醒自己應該放棄，只是你都忘記了，這是你第幾次想要放棄。

很早便就寢，你的Messenger難得地沒有在線……想到這裡，我忽然明白了一件事，於是又問：「今天你很早起床嗎？」

「也不是很早，大約九點多就起床了。」你笑著回答，忽然又說：「慘了，這個時候，不知道還有沒有公車回家……」

我聽到你那邊的街上汽車聲，於是問你：「你現在是在哪一區啊？」

「唔……」你像是有些猶豫，最後還是說：「淡水。」

我呆了一下，一時想不明白，為何你會去了淡水。平常你很少去淡水，總是說那兒沒什麼好逛，比起夕陽與海浪，你更加喜歡在大商場遊逛，或是與朋友窩在有格調的咖啡店裡聊天說笑；我也知道，你沒有親人或朋友住在淡水，你應該不會去那裡，但如今你卻說，你在淡水……

「喂。」你突然喊了一聲。

「嗯？」

你苦笑說：「教我怎樣從淡水回家啊。」

「你今天是怎樣去的，那就依樣回去嘛。」我心裡嘆氣。

「今天……」你笑了，我感覺得到，笑得比之前更甜。「今天我是坐公車去的，然後讓人指示我在哪個站下車；可是那路線……現在已經沒有公車行駛了呀。」

　　我心裡又再重重地呼了口氣，想笑，卻笑不起來。我平靜地問你：「那麼Kelvin有沒有教你，可以坐什麼車回家嗎？」

　　「他說可以坐捷運，但我不知道捷運站在哪個方向……」

　　我不答話，只是想，為什麼可以讓一個女生，於深夜裡自己覓車回家？

　　「啊……」你忽然喊了一聲，過了一會，又低聲問：「你怎知道……我是去了Kelvin的家？」

　　這個問題，其實你不應該向我提問……我忍不住苦笑了，說：「有一次跟他聊天，他有說過，小時候住在淡水老街。」

　　「是嗎？」說完，你又笑，似乎不再疑慮。

　　「是呀。」我無奈地應道，然後我又想起，今天自中午開始，就一直找不到你……

　　「那……說了這麼久，我到底要怎樣回家啊？」

　　「就坐捷運吧。」我呼了口氣。

　　「但就算坐捷運，也不能直接去到我的家呀。」

　　「先坐到西門町站，再轉乘計程車。」

　　你嘆氣：「要這麼麻煩？」

　　我苦笑：「沒法子呀，誰叫現在這麼晚。」

「那……惟有這樣吧。」你說，不久我就聽到了捷運站內的廣播錄音聲。

「回到家就早點睡，明天還要上班。」

「嗯……但是，」你調皮地笑了一下，「你現在肚子餓嗎？」

肚子餓？我嚇了一跳，都快深夜十一時了。我問她：「你沒吃過晚飯嗎？」

「有吃過，但吃得不多……不如，我們到西門町吃宵夜吧。」

「我們？」

你笑著嚷：「我想到阿財虱目魚嚐嚐久違的魯肉飯、魚肚湯和煎魚肚啊，你也知道，我一個人是吃不完的……」

我知道，我是知道；我知道你吃不完一整碗的魯肉飯、知道你致電來找我只不過是想查問如何回家、知道你這天不接聽我的電話是因為不想我打擾你的約會、知道你的一顆心其實就只會繫在 Kelvin 身上、知道我不過是你的朋友二號三號四號五號甚至是從來沒有一個位置，也知道你現在約我吃宵夜，其實是因為你怕入夜後只有你獨個兒回家……

但我卻始終不能知道，你其實知不知道，我早就已經太

清楚知道這些難以對任何人與你說得清楚的無奈與卑微。如果你是明知道的話，你這夜為什麼還要來電找我？想找人問路，你的電話簿裡其實是有無數個人選；想找人陪你談天甚至吃宵夜，你還有很多很多真正友好的朋友……但如果，你是真的不知道的話，那麼一直以來，我對你所做的所付出的，其實又是為了什麼，原來，你竟然沒有半點察覺與在意……

還是其實，你是明知道的，只是你不會說破，也知道，我是不捨得去拆穿你……

「喂喂喂，」你連聲的喚，打斷了我的亂想。「傻瓜笨蛋呆子蠢蛋傻子豬頭……」

「怎樣了？」

「你換衣服了嗎？」

「正在換了。」我笑應，心裡感到一陣苦。

其實有些事情，你是明知道的，就像此刻我真的正在換衣服、我最後一定會出來陪你；但有些事你卻未必知道，例如我有多麼喜歡你、或是你自己喜不喜歡我，只是這些對你來說，也未必重要了。我拿了外套，離開家裡，走到街上截了計程車，看看手錶，尚未過十一時；我聽著手機裡你的聲音，想起待會就能夠看得見你的笑，可以與你一起吃宵夜、

● ● ● 還是其實不想提醒自己，何必又要再一次去自討苦吃。

再見，
不要再見

The last time
we say goodbye.

談天說地，然後可以再送你回家，心裡立即充塞著一種被信任、獲得肯定的感覺，原本累積的不安、無奈、委屈全都一掃而空……

這天最後還是可以見到你。真好。

● ● ● 　然後有天，你的笑臉並不是因為你真的快樂，而是你不想再無止境地計較下去。

05

第五年的
生日禮物

即使最後沒有人明白，

這些禮物背後所埋藏過的心意。

但只要他喜歡這些禮物，只要他可以快樂，

其他的一切，就已經不重要了。

　　每一年，乙喬都會送冠翔一份生日禮物。

　　不經不覺間，已經送了五年生日禮物。

———

　　第一年，乙喬送了動畫 ONE PIECE 裡的 Chopper 鑰匙圈給他做禮物。

　　「沒想過你會送我禮物呢。」

　　冠翔接過鑰匙圈，歡喜的神色中帶著一絲疑惑。

　　「只是剛好見到，所以就想送給你了。」

　　她微微笑說，看著他取出自己的鑰匙、圈在新鑰匙圈上。

　　「喜歡嗎？」

　　「喜歡，謝謝你啊。」他搖晃一下鑰匙，笑說：「這一餐就讓我請客吧。」

　　「不用啦，又不是很貴重的禮物。」

　　「說起來真不好意思，早幾天我突然失約。」

　　「沒關係。」她輕輕呼氣，微笑說下去：「反正我也剛好約了其他人。」

————

第二年，乙蕎送了Chopper的水杯給他。

「咦，又是Chopper！」

冠翔感到有些意外，沒想過又會收到Chopper的精品做禮物。

也沒想過，這一年又會收到她所送的生日禮物。

「喜歡嗎？」她笑問。

「喜歡。」他搔了一下頭，又說：「剛好我家裡的水杯早兩天不小心被我打爛了，你這水杯還真送得合時呢。」

「哈哈，是嗎，也真巧。」

「……其實你是看了我臉書的更新後，才想到要送我水杯吧。」他笑著問。

「不知道呢。」她笑著答，雙眼視線往上飄遠。

「原來真的是這樣嗎？」

她吐吐舌頭，沒有再回應冠翔的猜測。

————

第三年，乙蕎送了一個Chopper的證件套給他。

「為什麼又……」

● ● ● 你試過嗎，為自己喜歡的人，準備了一份禮物，但是最後都沒有送出去。

「嗯？」

「沒什麼，謝謝你的禮物。」

「……你不再喜歡 Chopper 了嗎？」

聽到她這個問題，冠翔有點不知道該怎麼回答。

他原本是想問，為什麼這一年她又會送生日禮物給自己。

他喜歡 ONE PIECE，也喜歡 Chopper，這一點從來都沒有變改。

只是冠翔沒有想過，自己從沒有為乙蕎慶祝生日，也沒有送過生日禮物給她，但這一年乙蕎依然會約自己出來慶祝，她依然會送他一份生日禮物。

即使每一年，冠翔總是在生日當天過後，才能抽空應約，乙蕎卻像是毫不介意，就算是約在生日後的第二個或第三個星期，她也會盡量抽空來和他慶祝。

而乙蕎每年的生日，冠翔就只有在臉書給她留言，說一聲生日快樂，就沒有其他。

「喜歡，又怎會不喜歡。」他讓自己笑著回答，「謝謝你。」

「喜歡就好。」她低下頭微笑。

「是呢，你想要什麼生日禮物？」

「生日禮物？」她愣了一下，然後搖頭笑說：「我的生日是在半年之後啊。」

「我知道呀，只是我剛剛想起，每年都收到你的生日禮物，下一次我也應該要送你一份生日禮物才對。」

聽見冠翔這樣說，乙蕎溫柔地看著他，半晌才輕輕地說：「有沒有禮物其實並不要緊，只要你有心，就已經足夠了。」

「不，不行。」冠翔卻皺起眉來，抬頭作思考狀說：「下次一定要送你禮物，送什麼好呢，娃娃？鑰匙圈？還是應該送香水……」

乙蕎微笑不答，就只是默默看著，他臉上難得的認真。

————

第四年，乙蕎送了一個Chopper的夜燈給他做禮物。

「咦，你是怎麼找到的！」冠翔看著夜燈，一臉不可置信。「我之前找了很久，都找不到這一款夜燈呢！」

她笑著說：「廠商似乎已經不再生產了嘛。」

「就是啊，到底你是怎麼找到的？」

他一邊問，一邊看著夜燈裡的Chopper而出神。只要一撥動開關，Chopper的身軀就會發光，十分亮眼。

● ● ●　不是害怕對方不會喜歡，而是你知道，對方並不一定需要這份心意。

「喜歡嗎？」她問。

「當然喜歡啦！」他興奮的說，又問：「到底你是怎樣找到的？唔⋯⋯是在淘寶嗎？」

「不，這夜燈是從日本空運來的。」

聽見她這樣說，冠翔心裡更感到難以置信。只是夜燈的手工十分精細，不似是翻版偽造，讓他無法再懷疑更多。

「要好好珍惜它啊。」乙蕎這樣說。

「當然，我會將它珍而重之地放在我的書桌上！」

「那就好⋯⋯」

————

這一年，第五年，乙蕎又約了冠翔出來慶祝他的生日。

這一年，難得地，冠翔可以在生日的當天應她的約。

「真的不要緊嗎？」乙蕎問。

「要緊什麼？」冠翔有點茫然地反問。

「我說，這天你將時間空出來和我吃飯，真的不要緊嗎？」

他微微苦笑一下，最後說：「不要緊。」

看見他一臉失落的表情，乙蕎也沒有再問更多，就帶他走到原本預定要去的餐廳慶祝。

「麥當勞？」

冠翔有點不能置信，抬頭看著麥當勞的招牌。

「是啊，這一次我們吃麥當勞，好嗎？」她回頭笑著問他。

他心裡有點奇怪，不是不喜歡麥當勞，只是往年慶祝，雖然不是到很昂貴的餐廳，但是也從來沒有約在快餐店用餐。

「好，其實我也經常吃麥當勞。」冠翔讓自己微笑一下，又說：「你想吃什麼，我去買吧。」

後來他們點了兩個快樂兒童餐，邊吃邊聊天。

「記得我們認識有多久了嗎？」乙蕎問。

「快六年吧。」

「哈哈，你還記得。」

「因為你都幫我慶祝了五次生日呢。」

「是呢。」

「說起來，真對不起，一次都沒有和你慶祝過。」

「不要緊，你有其他事要忙嘛。」

冠翔卻突然不說話了。

「怎麼了？」乙蕎問。

「其實不是因為事忙。」他頓了一下，對她說：「只是我不能和你慶祝。」

「⋯⋯我知道呀。」

● ● ● 即使你付出了無數認真與溫柔，但再完美，也不一定會得到他的喜歡。

「你知道？」

「因為你顧慮女朋友的感受吧。」她微笑著說。

他又不說話了。

「其實我應該謝謝你才對。」

「為什麼？」

「因為你每年都願意出來讓我和你慶祝。」乙喬向他眨眨雙眼。

「是我要謝謝你才對呀。」冠翔苦笑一下，又說：「每次我都抽不出時間，總是拖延了很久才可以應約。」

「那為什麼，」她微微一頓，看著他說下去：「這天可以抽出時間來？」

被乙喬如此注視著，冠翔心裡原本想傾訴的話，忽然變得不知道應該再怎麼說下去。

這天應該如往年一樣，在生日的當天，冠翔就會和女朋友兩個人聚在一起，好好的盡情慶祝。每一年也是如此。只是早幾天，兩人因為安排婚事的問題而吵了一場，之後兩人冷戰起來，誰都不肯主動找回對方；冠翔也開始對這段關係變得沒有信心，雖然他心裡清楚知道，那些爭議那些計較，本來就只是一時的意氣與幼稚。然後來到生日這天，仍是沒有收到女朋友的來電或短訊，冠翔更感到心灰意冷。不想自己一個人在家裡度過生日，於是最後他試著聯絡乙喬，問她

這天有沒有空一起吃飯。

想不到，乙蕎竟然有時間；也想不到，兩人如今會忽然談到了這一個話題。

乙蕎一直等不到冠翔的回答，於是微微笑問：「是因為吵架嗎？」

他繼續沒有回答，但是也沒有否認。

她輕輕說下去：「兩個人相處，偶爾難免會有磨擦，但吵過了，就要讓它過去，別忘了經歷過多少、怎樣互相扶持，才可以一起走到這一天。」

「……是這樣嗎？」

「除非你們兩人都不肯再和對方說話，寧願讓自己變得不再喜歡對方。」

「她也沒有找我。」

「可能她也在等你找她呢。」

聽見乙蕎這樣說，冠翔心裡有點釋懷。

「別太小器了。」她又說。

「是的，謝謝你的開導。」說完這一句話，他自己也感到好笑。

「好了，是時候送你這年的生日禮物，然後讓你早點找回你的女朋友呢。」

「又是Chopper嗎？」他問道。

● ● ● 又或者真相是，他不是不喜歡你的這份心意，他只是不會喜歡你這一個人。

「你知道了？」

「因為你每年都是送我 Chopper 啊。」冠翔頓了一下，又說：「其實，她也是很喜歡 Chopper 的⋯⋯」

「我知道啊。」

「你知道？」

乙蕎沒有回答，就只是從背包中，取出了一份小小的東西。

是一個印有 Chopper 的樣子、日本原裝的 iPhone 手機背殼。

「咦，這很貴吧？」

冠翔接過手機殼，口裡雖然這樣問，但心裡卻有點意外。

這一款手機殼，很少店鋪會進貨，價錢也比其他手機殼要貴很多。只是他也記得，這個手機殼並不是最新的款式，以前也在一些店鋪見到過。接著他發現，手機殼的包裝上寫著 iPhone 6 專用⋯⋯

「這不是給 iPhone XS 用的背殼啊。」冠翔說。

「是嗎，對不起，我沒有留意到呢。」乙蕎微微呼一口氣，然後勉力笑了一下，又問：「喜歡嗎？」

雖然自己的手機早已換做最新款的 iPhone XS，但冠翔還是回答：「喜歡。」

「喜歡就好。」乙蕎笑笑，看了手錶一下，續說：「走吧，不要太晚才找回她了。」

「哦……好的。」

「記得要哄回她啊，不要辜負她。」

「是啦是啦。」

「有好消息，記得要通知我啊。」

「你很八卦呢。」

乙蕎吐舌微笑，走到店外時，忽然又問：

「對了，你記得這間麥當勞嗎？」

冠翔想了一會，回答：「記得啊，我們第一次見面，就是在這間麥當勞吃飯。」

「謝謝你記得。」

「……為什麼要道謝？」

「不行嗎？」

她裝了一個鬼臉，然後就轉身走開。

但不知為何，冠翔忽然感到那一個表情，帶著一點點勉強。

只是他也沒有機會再問，乙蕎已經走得遠遠，向他揮揮手，然後就消失在人海之中。

● ● ● 與其會讓彼此難堪，你寧願將這份心意悄悄埋藏……

———

五年前，由最初認識開始，乙蕎就已經喜歡他這一個人。

雖然冠翔從不知道她的心情，乙蕎對他各種的暗示明示，他都毫不察覺；但乙蕎沒有放棄，打算在他生日和他慶祝的時候，親自向他表白。

為了那一天，她花了一整個月時間去計劃，行程、節目、餐廳、禮物；其中最讓她苦惱的，就是應該送他什麼生日禮物。

她實在不了解，男生會喜歡收到什麼生日禮物。是要實用？還是要有紀念意義？對有選擇困難症的她來說，選禮物可是一項重大考驗。

最後，在逛過無數商場與店鋪之後，她買了五份生日禮物，都是冠翔會喜歡的、也會想要的東西。

乙蕎打算在生日當日，一份一份地將這些生日禮物送給他，給他最難忘的驚喜。

計劃原本如此。

只是在他的生日前一天，他忽然致電給她，說明天有要事，慶祝要延期。

只是在他的生日後一天，她在臉書裡看見，他昨天交上了一個新女朋友。

　　然後，一直在一起，一直到這一天。

　　而那些原本要送給他的禮物，就只能留待以後逐年送給他。

　　「這一年，是最後一次的生日禮物了。」

　　乙蕎看著這一個把玩了已經太多次的手機殼，對自己這樣說。

　　已經快六年了。

　　送出去了，就不應該再留戀。

　　即使最後沒有人明白，這些禮物背後所埋藏過的心意。

　　但只要他喜歡這些禮物，只要他可以快樂，其他的一切，就已經不重要了。

　　她抬起眼，只見冠翔正捧著快樂兒童餐笑著回來。

　　輕輕的吸口氣。

　　是時候，讓自己再重新開始。

● ● ●　以最溫柔的祝福，來代替說再見。

06

咖啡巴冷

不會再有下次，不能再有下次……

即使記得上一次，自己也說過這樣的話。

即使已不記得第幾次，在這裡等到讓咖啡變冷。

等到咖啡都冷了……

你仍是沒來。

天陰的午後，我一個人坐在這家舊餐廳裡。

客人不多，服務生們不是在看電視，就在看手機。

「要再來一杯嗎？」

但還是有一位老服務生，親切地笑著問我。

我看看手錶，對他尷尬的說聲「好」。

然後咖啡杯被移走，只剩下我對著沒有你的座位。

仍是只有我一個。

拿出手機，打開 Facebook，看到你十分鐘前才在別人處發了一個留言。

我開始不敢肯定你會來。

在我們之間，「肯定」從來都是奢侈品。

「小姐，你的咖啡。」

老服務生溫和的說，放下了新的咖啡杯。

每一次，他的語氣都讓我感到像是同情。

每一次都讓我感到厭惡，自我厭惡。

忍不住，又拿出手機打開你的 Facebook，想留言問你會不會來。

但轉念想，你一定不喜歡我這樣給你壓力。算了。

　　我看出窗外，天空開始下著細雨，開始猜想，你會不會帶傘前來。

　　通常不會吧，你會跟我說，反正只是一條街道的路程。

　　還是你會顧念，雨水會把我淋濕，因此特別為我準備雨傘？

　　我搖搖頭，微啜一口咖啡，叫自己清醒一點……

　　「等了很久嗎？」

　　你終於來了，有點氣喘吁吁地，坐在我眼前。

　　我微微笑一下，說：「也沒有多久。」

　　你逕自跟老服務生點了凍檸茶，然後看了看帳單，又看看我的咖啡，問道：

　　「但你已經喝了兩杯？」

　　「不是呀。」我淡淡地說。

　　「那為什麼帳單會有兩杯飲品的價錢。」你失笑。

　　「之前一杯是好立克，現在這杯才是咖啡。」

　　「嗯，那就好。你有胃痛，記得不要喝太多咖啡。」

　　「所以才喝了一杯。」我彎彎嘴笑。

　　你嘆氣，也不再說什麼，只是拿出自己的手機來按。

　　凍檸茶送來了，你也沒有喝過一口。

　　我微微啜著還暖的咖啡。

　　● ● ●　等一個人，最需要的不是耐心。

「是呢，上次跟你說過，遲些不如一起去泰國。」你終於抬起臉，看到我正在望出店外，又問了一聲：「你還記得嗎？」

「記得。」我答，雖然已經是兩個月前的事。

「我想我不能去了。」

「……哦。」

「不問我為什麼嗎？」你的手機響起接收訊息的聲音。

「你總有你的原因嘛，我明白的。」

「嗯，你真懂得體諒別人。」你笑了一下，又看回手機。

的確，你總有你的原因。

例如，你已經約了另一個人去，又甚至是，你其實已經跟別人去了，只是不好意思讓我知道。

況且，在你的 Facebook，不難知道你的近況，你的「原因」。

所以，我何必再要去為難你。

「最近做過些什麼呢？」過了一會，你又問。

「沒什麼的，還是上班、下班。」

「我見你好像交了新男朋友。」你看一看我，我心裡一動，你還會看我的 Facebook。

「『好像』。」我學你的語氣。

「不是認真？」你的聲音沒有起伏。

「哪來這麼多認真。」

如果真的這麼容易認真，我大概早已撐不下去。

你笑笑，手機又響了一聲；只見你按了幾下，然後將它收回褲袋裡。

「想去哪裡？」

你問，我搖頭。

「逛街？看電影？」

你繼續問，我繼續搖頭。

「那，來我家吧，反正外面在下雨。」

我不置可否，你卻已取過帳單，另一隻手拿出了一把雨傘。

是一把紫色的女用長傘。

我拿起咖啡喝了最後一口。

已變冷了，才一會兒光陰，原本的香濃，已經變得苦澀起來。

然後，你牽起我的手離座。我任由你牽著，但心裡不停說，這是最後一次。

不會再有下次，不能再有下次……

● ● ● 而是要懂得欺騙自己，有天或許會等到想要的結果。

再見，
不要再見

The last time
we say goodbye.

———

即使記得上一次，自己也說過這樣的話。

即使已不記得第幾次，在這裡等到讓咖啡變冷。

● ● ●　縱然會寂寞與心痛，但至少還可以繼續等下去，你就已經別無他求。

07

回到過去

我不知道，

這一次會不會也只是我的錯覺，

或又是我自己的一廂情願。

但不論最後你喜歡的人是誰，

我都會繼續努力堅持下去。

直到，你終於可以幸福白頭為止。

十一月二十五日，星期六的晚上。

你和我，又坐在這一間不變的咖啡店。

「你說，如果可以回到過去的話，那有多好……」

一直看著窗外雨點的你，忽然這樣說了。

「為什麼會好？」

我問你，心裡有些無奈，想嘆氣，但還是忍住。

「如果能回到過去，就可以改變過去了，不是嗎？」

說完，你微微笑，帶點苦澀的笑。

「可以回到過去，但過去的歷史，是真的可以被改變嗎？」

聽到我的問題，你久久沒有說話；過了好一會，你才輕聲：

「不可以的嗎？」

「……我也不知道，只是有這可能而已。」

「就算不可以，那再重新經歷一次過去的情景，也是好的。」

接著你又看出窗外，再次不作聲。

「……如果能夠讓你回到過去，你會做些什麼？」

我心裡嘆息，問你這一個問題。

「我會……」

你頓了一下，忽爾苦笑了，然後又搖搖頭，說：「不告

訴你。」

我也跟著你苦笑，其實你不告訴我，我還是知道你的答案。

但是我跟你一樣，都沒有將答案說穿。就只是默默望出窗外，望著玻璃上的水滴，逐點逐點地滑落。

「你知道嗎，聽說只要擁有超越光速的速度，就可以回到過去。」

忽然你又這樣說，繼續那個想不完的白日夢。

「我知道，好像是愛因斯坦提出的理論。」

我拿起那杯未嚐的黑咖啡，啜了一口苦。

「不知道要怎樣做，才可以超越光速？」

你笑，無奈地，看著自己未喝過的冰綠茶。

「不可能的啦，以現今的科技來說。」我也無奈地笑了一下，再說：「就算超越了光速，也不一定可以回到過去。」

「不是回到過去，那……會去什麼地方？」

「說不定，是往相反的方向前進，到達未來的世界？」

聽到這個可能性，你痴痴地笑了，說：

「如果能夠去到未來，也不錯呀。」

「……為什麼？」

「至少我就可以知道，自己將來會跟誰一起……」

●●● 或許，有時堅持等下去，是想要證明，自己對這一個人可以有多認真。

說完，你垂下了頭，像是不想讓我看到你的神情。

但你接著的說話，我仍是可以清楚聽得見：

「至少這一刻，我可以不用再為選擇誰而煩惱……」

我沒有苦笑，也沒有嘆息。

雖然心是有一點痛。

「與其想著那些追不回的過去、不肯定的未來，不如讓自己好好地活在當下，不是更好嗎？」

我對你這樣說，嘗試令氣氛變得輕鬆一點。

「活在當下有什麼好？」

你淡然的問。

「珍惜自己擁有的事物，多點欣賞身邊的人、此刻身處的這個世界，心存感恩，生活也會開心一點。」

我說，指指你雙手握著的冰綠茶。

「即使那是苦的？」

你盯了我的黑咖啡一下，取笑。

「苦過了，起碼之後會更清醒呀。」

「歪理……」

然後你別過臉，望出窗外，繼續去數雨滴。

而我，又繼續凝看著，在默默地落淚的你……

已經第四次了。

這一幕畫面，已經是第四次，映照在我的瞳孔裡。

　　二〇一七年十一月二十四日，你終於發現，你愛了兩年的那一個他，原來早已有另一半；原來，他一直都不愛你。

　　兩年後的六月三十日，他跟另一半結婚行禮，正式成為合法夫妻。

　　然後在觀禮後的六個小時，你服用過量的安眠藥，自殺身亡……

　　二十七年後，我跟朋友終於開發出，讓人能夠返老還童的配方。

　　二十九年後，我們終於成功發明，可以穿梭時空的時光機……

　　而這一次，已經是我第三次回到過去。

　　但我跟我的朋友開始感到疑惑，到底我是否真的成功回到了過去……

　　因為即使我回到過去了，我仍是無法改變，你最後自殺身亡的這一個歷史。

　　不管我怎麼努力，不管我回到多早的過去……

　　你始終都不能忘記他，你始終只會對他這一個人，執迷不悟。

　　彷彿，一切都是早已注定了一樣，不能改變……

　　「在想什麼？」

　　忽然，你看著我問。

● ● ●　即使他不會知道你的認真，但你還是會繼續喜歡下去，直到不會再見到他為止。

「沒、沒什麼。」

我撒謊，拿起黑咖啡來掩飾，然後那滿口的苦，令我忍不住皺眉。

「不是早叫你不要跟我交換嗎？」

你搖頭笑了，卻有點俏皮地，喝著原本屬於我的冰綠茶。

過去的你，從來不喜歡喝綠茶，不論我與你對換過多少次，最後你還是寧願喝回自己的黑咖啡。

但這一次，這一晚，你終於喝了……

「……你怎麼哭了？覺得苦就不要勉強繼續喝嘛！」

你看著我嚷了起來，聲音更帶點在意的慌。我擦擦眼淚，努力地讓自己揚起笑容，直到你終於看著我微微苦笑，然後又再喝了一口冰綠茶。

我不知道，這一次會不會也只是我的錯覺，或又是我自己的一廂情願。

但不論最後你喜歡的人是誰，我都會繼續努力堅持下去。

直到，你終於可以幸福白頭為止。

● ● ●　直到哪天，他終於找到真正想要的幸福，而你終於學懂如何讓自己心死為止。

08

限期之前
說再見

但最後，

一切都始終沒有揭穿，實情沒有說清；

以後，我們都沒有再見……

讓情感於不明不白間悄悄流逝，

讓故事在限期來臨之前，默然告終。

深夜，手機響起了鈴聲。

螢幕上，是她的名字。

我輕輕吸一下氣，看一看桌上的月曆。

最後如往常般，拿起手機接聽……

———

「剛才你為什麼沒有接聽我的電話？」

手機裡的她如此嚷著，一副要責備我的口吻。

「小姐，去洗手間都要聽你的電話？」我不服。

「當然要啊！」她不講理，彷彿如女皇。「如果不是這樣，我有事的時候，又如何找到你？」

「……那，如果倒轉的話，你又會不會帶手機進洗手間？」

「帶什麼？」

「手機囉……」

「你……色狼！」

然後她就乘機笑著發作起來，不停的說我是色魔、色狼、色中餓鬼……

每個夜深，我們都是這樣子在手機裡亂說、亂吵。

這樣的情況，那時維持了差不多近一年，每夜如是，從

沒間斷。

　　直到一年之前。

———

　　「找我有什麼事嗎？」

　　我問她，空氣帶著疏離的感覺。

　　「沒什麼……」過了好一會，才傳出她生澀的語調。
「很久沒聯絡你了。」

　　「嗯。」

　　「近來好嗎？」

　　「還好。」

　　「……嗯。」

　　然後在幾秒鐘後，我聽見了從聽筒傳來的，汽車駛過的
引擎聲。

　　「仍在街上嗎？」我問。

　　「嗯。」

　　「還不回家？」

　　「唔……」

　　「怎麼了？」我輕輕吸一口氣。

　　「其實……」

● ● ●　有些人可以靠近，但是始終不會走在一起。有些人可以想念，但最後還是會不再往還。

再見，
不要再見

The last time
we say goodbye.

我沒開口，等她說下去。

「是呢，你有沒有空……」她忽然轉了語調，笑問：
「有沒有興趣，現在跟我去吃宵夜？」

————

「喂，不如去吃宵夜吧！」

「不是吧？現在幾點鐘呀？」我拿著手機嚷道。

「才十二點嘛！」她的語氣，完全是在中午十二點的
模樣。

「一般正當人家，十二點就應該上了床喇！還去吃什麼
宵夜？」

「正當人家，你現在上床了嗎？」她反問。

「我就是要準備上床睡覺！」我脫著運動鞋說。

「但你明明就是才剛回家啊……」

我心裡冒汗，問：「你……怎知道的？」

她奸笑了。

「你整晚都沒有上過臉書，如果你不是上街了，還會幹
什麼？」

這個人實在太了解我每晚都會上網的習慣。

「還不快來？」她笑嚷。

我嘆一口氣，選擇屈服。

「是老地方嗎？」

———

以前，我們會到九龍城的潮州夜冷店吃夜宵。

一碟大眼雞，兩瓶青島啤酒，就可以讓我們度過整個凌晨。

我跟伙計點了這些，伙計忽然說了句：「很久沒見你呢！」

我微微笑回應。

她還沒有來。

我替兩個玻璃杯斟了半滿的金黃色。

不一會，大眼雞送來了，但她依然沒有出現。

———

「又是你約吃宵夜，但每次你總是遲到！」

「男人家，就別抱怨這麼多嘛。」她做個鬼臉，拿起啤酒來喝。

「做你男朋友就慘，每次都要等你。」我吐糟。

• • • 有些人不會交心，但他卻會徘徊在你的夢裡。有些人不會再見，但他卻可以擾亂你的餘生。

「放心，那個人一定不是你。」

她笑著反擊，我悶得一肚子氣。

「你有這麼多人喜歡你，幾時又會輪到我呢。」她又說，用筷子挾起一塊魚肉。

「難道喜歡你的人又會少。」我冷冷的說，將豉油推到她的前方。

「有人喜歡，但又有什麼特別呢？」她讓魚肉舀了一點豉油，滋味地吃著。

「是你要求高吧？」

「才不。」她放下筷子，往店門外望去，最後又笑了一下：「又或者是，我也不知道自己想要什麼。」

———

我默默地挾起魚肉，舀了豉油，緩緩地吃著。

這夜的打冷店沒有太多顧客。

兩瓶啤酒，不一會就被我喝完，我跟伙計點了第三瓶。

然後，又再點了另一碟大眼雞。

她依然未到。

看看手錶，已是凌晨兩時。

我把手機放在桌上，將玻璃杯再一次斟滿。

———

　　「對於愛情，每一個人都應該要有自己的要求與底線嘛。」

　　我喝著啤酒，對她說著語意空泛的話。

　　「那我的要求又應該是什麼？」她看著我，眼神帶點看不起的意味。

　　「我怎知道，這點你自己才最清楚。」我用上無敵的反問句。

　　「廢話。」

　　「多謝讚賞。」我笑笑，替她倒酒。

　　「其實……」

　　「唔？」

　　「我一直都有男朋友。」她忽然這樣說。

　　「我知道啊。」我用筷子將大眼雞翻去有肉的另一邊。

　　「你知道？」她呆住。

　　「看你的臉書，多少察覺得到。」

　　「我都不知道你有看我的臉書，從來沒有看到你留言或按讚。」她盯著我。

　　「留言什麼的並不重要吧。」我苦笑。

● ● ● 　其實在最初認識的時候，你就有一種預感，自己不會跟這一個人走在一起。

「……我和他在一起，已經八年了。」

「這麼久？」我看一看她，又問：「讀書時就認識的嗎？」

她微微點頭。

「那麼，也不錯嘛。」

「不錯？」

我放下雙筷，微笑：「不是嗎？一起走了這麼久，是很難得的緣分呀。」

她不語，靜靜看著桌上的大眼雞。

一點涼風，從店門外微微滲進。

「但我覺得，」她開聲，又拿起啤酒喝了一口，說下去：「跟他一起，已經沒有戀愛的感覺。」

「但你們依然在一起。」我說。

「嗯。」

「沒有想過分開嗎？」

「……沒有原因可以分開。」

「那他一定對你相當不錯呢。」我輕輕笑了一下。

她又不作聲。

「那麼，再這樣下去的話，你們會結婚嗎？」

「你覺得呢？」她抬眼問。

「我不是你，又怎知道？」我吐吐舌。

「又廢話。」她搖搖頭。

「或者吧，我只懂得說廢話。」

我將她的杯子又再添滿，說下去：「其實兩個人結婚，應該也不是只看有沒有感覺？」

「還要看什麼呢？」

「看經濟能力、看兩個人適不適合一起生活、看彼此懂不懂得互相遷就、看大家有沒有共同的目標與計劃。」

「那，感覺呢？」

她又凝視著我。

我微微呼一口氣。

「如果你覺得，感覺真的那麼重要的話……」

———

凌晨四時，打冷店還是跟以前一樣，要打烊了。

我結了帳，把手機放回衣袋裡，一個人走出店外。

抬頭望向天，仍漆黑一片，涼風微微吹著，暖意漸漸消散。

記得去年的這天，也曾有過這樣的感覺……

懷裡的手機，終於震動起來。

「喂。」

. . . 可以結伴同遊，可以相知相親，但無奈的是，有天你們還是會漸漸變得陌生。

再見，
不要再見

The last time
we say goodbye.

「對不起。」她說。

「為什麼要道歉？」我笑。

「……因為我沒有去。」

「傻啦，不要緊。」

「但真的……對不起。」

「你何時變得愛這樣囉嗦。」我輕輕嘆息。

「嘿……想不到會被你如此說我。」

「風水輪流轉嘛。」

「唔……」

我拿著手機，等她說下去。

過了一會，她才開口：「其實……我明天要結婚了。」

「是嗎？」

「……怎麼你的語氣像是毫不意外？」

我笑了一下，說：「或者是我早有預感吧。」

「早有預感？」

「不知道呢，覺得你這夜找我，一定是有什麼事情要告訴我。」

「……你仍是這麼敏感。」

「是啊，近來看你的臉書，多少也感到一點幸福的感覺。」

「但我沒有在臉書上提到我會結婚……」

「我敏感嘛。」

她沒有回應。

只聽到，手機裡響起摩托車駛過的聲音⋯⋯

「祝你幸福。」

我誠摯的，對她說。

然後，差不多的摩托車引擎聲響，掠過我的身邊。

然後，漸漸的從聽筒中遠離⋯⋯

「嗯，謝謝你。」

「嗯。」

「拜拜。」

然後，她終止了通話。

我收起手機，沒有回頭，往前走，一直沒有回頭。

———

回到家，天色尚未發白。

坐在書桌前，拿起一封紅色的信封與請柬。

打開請柬，看著上面的名字，我忍不住淡淡笑了一下。

兩個名字，都是我認識的。

一個，認識了兩年。

另一個，認識了許多年⋯⋯

● ● ● 　與其讓自己變得更難過，你寧願在限期之前轉身離開⋯⋯

再見，
不要再見

The last time
we say goodbye.

———

「如果我說，你是我喜歡的類型……你會怎辦呢？」

那最後的一個凌晨，我扶著喝得半醉的她，送她回家時，她忽然如此問我。

我沒有醉。

街上的涼風、懷內的暖意、多年的友情、靜夜的感覺……

我沒有給她回答。

後來她合上眼，睡著了。

我知道，她在裝睡。

但最後，一切都始終沒有揭穿，實情沒有說清；以後，我們都沒有再見……

讓情感於不明不白間悄悄流逝，讓故事在限期來臨之前，默然告終。

● ● ● 不要留戀，不要再見。

09

答案

有好幾次，他決定要去向她表明一切，

可是又會被各種理由或藉口而一再拖延；

拖延了幾次，漸漸又會覺得，

有些事情其實何必一定要勉強說清楚，

繼續安守在現在這一個位置，又未嘗不是一種福氣。

他喜歡她，但是一直沒有讓她知道。

她感覺得到，但是一直都沒有想要去知道答案。

———

家樂與小倩在不同部門工作，平日接觸，通常都是透過短訊或電話聯絡，很少會有直接交往的機會。雖然家樂其實一直都有暗暗留意小倩這個人。

有一次，兩人被安排一起出外去見一個客戶。和客人談得久了，離開客戶公司的時候，天已黑了下來。家樂鼓起勇氣，向小倩提出不如一起晚飯，她答應說好，於是就開始了兩人第一次的單獨約會。

說是約會，是有點太過認真。但家樂實在難忘，當他帶小倩去到那間有情調的餐廳時，她臉上那喜出望外的表情。

那餐晚飯他們聊得很愉快，也加深了彼此的認識。以前，兩人只能透過短訊來接收對方的笑臉，但自那一次之後，家樂會借故去約小倩晚飯，而她也從來沒有拒絕。一次一次的見面，讓他們互相更加了解及接近，也加強了家樂去追求她的信心。

只是就在這時候，小倩交了一個男朋友，一個家樂完全不認識、也沒聽她說起過的人。

　　為什麼突然會出現這個人？

　　想了很多很多遍，但家樂心裡完全沒有概念，只知道，有一種突然被人橫刀奪愛的感覺。只是他又會想，也許他們是早就認識？也許在自己鼓起勇氣之前，他們早就已經互相喜歡了？

　　就只怪自己當初想得太理所當然。

　　而且，小倩交上男朋友後，她上傳到臉書裡的相片，笑臉似乎變得比以前更快樂；家樂不由得去想，自己又有資格再說什麼呢？只要小倩開心，就已經是最好的結果。雖然她的快樂，並不是由自己所給予，但是自己應該對這個結局太過介意嗎？再介意下去，豈不就是故意去討苦來吃。

　　他對自己說，就算不能做情人，做人也不應該太小器。

　　之後，兩人繼續做一對同事、朋友，只是再也沒有單獨去見面吃飯。平時上班，偶爾還會在短訊裡閒談說笑，但下班後或假日時，家樂不會再不知趣地找她聊天，不想有任何讓人誤會的舉動，也不想有機會給自己去乘虛而入。

　　但半年後的一個星期天，家樂忽然接到小倩的電話，說想約他晚飯。然後在晚飯裡，她對家樂說，早幾天跟男朋友分手了，因為她發現男朋友喜歡了別人……

　　回家後，家樂一直回想小倩這晚約他出來，說這一番話的含意。是因為自己是她信任的朋友嗎？但他又不敢肯定，

　　● ● ●　你是有多希望和他不離不棄，但你最後卻承受過多少患得患失。

自己和她的情誼是否真的如此深厚。是因為她以前偶爾也會
跟他談及男朋友的事情嗎？但他只記得自己不過想打聽她的
感情狀況，絕對談不上是一個好的戀愛顧問。那麼……她是
想給自己一個機會嗎？但想到這裡，他立即搖了搖頭，叫自
己不要再傻想下去。

　　朋友，就只是朋友而已。

　　與男友分手後，小倩和家樂又回復了以前的交往方式。
每星期兩人會有一天一起去晚飯，到不同的餐廳去試新菜
色。她從不會要他請客，他也只會去做一個談得來的朋友角
色。偶爾他們會去看一場電影、去逛街購物，她挑選的衣
服，他會給意見；他揀選的唱片，她會借來聽。兩人約定，
將來有機會要一同去日本旅行，雖然家樂心裡知道，日本之
旅是小倩以前跟男朋友有過的約定。

　　不少朋友都鼓勵家樂，應該要向小倩表白。最初他會解
釋，他們只是普通朋友；但被朋友問得多了，他才坦白承
認，他其實不知道小倩當他是一個怎樣的存在。當然，名義
上還是朋友，可是他有時會因為她若即若離的態度，而想起
之前她突然交上男朋友的事情。回頭再想，再友好，不等於
可以昇華成愛情；如果她也真的喜歡自己，為什麼自己有時
又會覺得她難以觸摸。

　　他常常都會遇到這一種情況：昨天還會為她做到了一些

什麼，而充滿自信，只是這天又會為她的突然冷淡，感到自己不值一文。

　　例如有一次聖誕節，家樂送了一個小小的熊娃娃給小倩做聖誕禮物。她口裡雖然責怪他為什麼破費，但他感覺得到她心裡其實是相當喜歡這份禮物，因為那個熊娃娃是英國限定發售，她一直想要，但總是未能找到。

　　那晚回家之後，他在小倩的臉書上，看到她為熊娃娃拍照，並寫上「謝謝您，讓我尋回重新出發的力氣」。家樂雖然不能完全明白她這句話的意思，但內心卻湧起了一股久違的勇氣。只要能夠讓她開心，就算要他付出更多，也是心甘情願；如果她能放低以前的男朋友，他也不介意讓自己去做她的救生圈。

　　於是到了第二天，家樂傳短訊給小倩，問除夕的晚上要不要一起出外倒數慶祝。但過了一小時後，小倩卻簡短的回說，那天晚上約了朋友、沒有空。他嘗試再約她新年見面，這次她過了三小時後才回覆，說不知道那天有沒有空、之後再說……

　　於是之後，他就沒有再去主動約她了。

　　家樂也曾經反省，或許問題並不在小倩的身上。她的態度其實沒有太多轉變，是自己太過敏感而已。有時當自己眼中太在意一個人，越是靠近，那個人的一言一行都可以為

● ● ●　有些等待，其實是明知道不會有結果。繼續等下去，也許只是一種習慣，或一點執迷。

自己帶來太多牽引甚至煩惱。就算她像平常地說笑、佯怒或沉默，都會輕易讓他陷入一種覺得忽冷忽熱、患得患失、無法好好溝通的困惑情緒當中，然後漸漸又會出現一些胡思亂想——她對自己其實並非認真，自己就只是一個陪她去玩、去聊天的人而已；如果她也喜歡自己，她的態度應該會比現在更確定吧？或許從一開始，自己就沒有資格去做她的男朋友？因為如果從各方面來比較，在條件上，自己根本比不上她的前男朋友。而且已經努力過、試探了這麼多次，她也無動於衷，也許她不是不喜歡自己，而是從一開始她就有更喜歡的人、只想與那個人在一起。如果自己還繼續對她太認真、太過糾纏，又會對她造成壓力嗎？如果自己再不知道放棄，最後可能就只會讓她更討厭自己、連朋友也做不成？

只是，想是這麼想，雖然偶爾家樂也會嘗試去打消自己的勇氣，但往往隔不了多久，他又會感到不捨得、不甘心，覺得一切也不是完全沒有轉機，自己還是應該再主動努力嘗試，不想自己將來後悔。

縱然內心如此紛亂不安，但家樂還是會盡量在小倩的面前裝作如常。即使他其實已經為此而失眠了幾個星期。有好幾次，他決定要去向她表明一切，可是又會被各種理由或藉口一再拖延；拖延了幾次，漸漸又會覺得，有些事情其實何必一定要勉強說清楚，繼續安守在現在這一個位置，又未嘗

不是一種福氣。

　　直到有天，小倩忽然在短訊裡跟他說，她申請辭職了，因為有其他公司給予她更好的薪酬，一星期後就會轉去新公司工作。那時家樂方才發覺，原來自己可以再跟她朝夕相對的時間已經不剩太多。自己還應該繼續猶豫、讓自己再錯過這一個人嗎？

　　一星期後，小倩最後一天上班，同事們為她舉辦歡送會。那天家樂碰巧要到外面去開會議，打算在小倩下班之前趕回公司，找機會去跟她表白清楚。幸好，最後會議沒有超時，他趕及在下班前回到公司，還碰巧在公司門外見到了小倩。只是他同時也看見了，小倩身旁還有另一個他不認識的男人，在替她拿著文件與皮包……

　　「你來了呢。」小倩看著家樂，微笑說。

　　「嗯。」原本一腔想說的話，家樂忽然覺得無力再講。

　　「……找我有事嗎？」

　　「沒有，嗯，祝你新工作一切順利。」

　　「……謝謝你。」

　　「我回公司了。」

　　「嗯。」

　　「拜拜。」

　　「拜拜。」

● ● ●　但偶爾還是會希望奇蹟出現，會想，如果他也喜歡這一個你，多好。

然後家樂沒有回頭，一直往電梯的方向走去。

不想讓小倩看見，自己臉上的苦笑。

不想再讓自己看見，她與那個男人充滿默契的笑臉。

———

那天之後，兩人沒再見面，也越來越少再通短訊。

兩個月後，家樂跟另一個女生在一起。那個女生是朋友介紹，和他很談得來，認識了幾天，感情就快速地發展，並變成了男女朋友。家樂閒時會帶她去不同的地方遊逛、尋找特色小店、或去海邊看夕陽，而她總是不會反對，總是一臉的快樂滿足。家樂這才發現，原來自己一直以來，都沒有去做一些自己真正喜歡的事情。為了得到小倩的喜歡，以前實在付出了太多時間心血，卻沒有累積幾多深刻的回憶。他看著如今伴在身邊的女朋友，方知道以前實在浪費了太多時間，以後應該要為眼前的這個人付出更加努力，一起去感受這世界的更多美好。

小倩去了新公司工作後，一直順利地發展，雖然很忙，但工作的成果為她帶來無比的滿足。在她的辦公桌上，放著那一個家樂所送的熊娃娃，當工作太累的時候，她喜歡看著熊娃娃來尋求一刻的安寧。以前讀書的時候，她曾經很喜歡

這個熊娃娃,很想也擁有一個,可惜總是找不到地方有賣。長大出來工作後,她知道原來可以在網上網購這個熊娃娃,但可能因為想法不同了,她發覺有時最喜歡的事物,不一定真的要去擁有;原來,每天看著網上的圖片,去盼望或想像,單純地喜歡,其實也很不錯……

———

「喜歡的不去擁有,不是很傻嗎?」他失笑問她。

「但往往,當真的擁有了,又會覺得不外如是呢。」她笑道,輕輕呼氣。

「你其實是沒信心吧。」

「不是信心的問題,而是……當某一樣東西,如果它會一直留在你的心坎裡面,不會因為時間變遷而有所淡忘,那麼你就等於真正擁有那一樣東西了。」

「……你說得很玄呢。如果是我,就一定會將喜歡的東西追到手。」

「……人也是嗎?」她看著他。

「……要看是怎樣的人。」他也回看著她。

那我呢?

這一句話,最後她還是沒有去問他。

● ● ●　如果可以再早一點遇上他,如果可以勇敢地將心意說清楚……

　　如果當時自己主動一點，也許現在就不用再獨自緬懷。

　　但她知道，這天的他，應該會笑得很快樂。只要知道這一點，自己又何必再去繼續打擾，何必再去想要知道，他是不是曾經有認真地喜歡過自己。

　　倒不如讓這個問號，一直留在心底，陪自己走到天長地久。

• • • 現在是否就會有不同的結果。

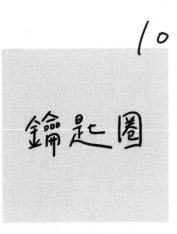

鑰匙圈

他感覺得到，

她的態度並不太投入，還有點隔閡。

雖然她一直在微笑，但是他更感受得到，

她對自己有著更多從前沒有的距離與客套。

已經不會再像以前那般輕鬆自在，

可以隨便說無聊的笑話，可以一起相伴相守到夜深。

原本沒有打算會和他再見。

已經一年了，她一直不主動去看他的臉書，他也漸漸沒有再主動聯絡她。

但如今，他就坐在自己的對面，就在以前兩人常常會去的咖啡店，就在以前他們最常坐的位子。

就只有他和她兩個人。

———

「還以為，這裡早就已經結業呢。」

首先打破尷尬沉默的，是他。

「為什麼？」她問，讓自己臉帶微笑。

「你看，這裡的客人這麼少，似乎生意也不太好。」

說完，他轉頭回看店內四周。這夜是星期五，但客人並不太多，店裡剩下很多空桌子。

「記得以前我們常常坐到打烊，店員也沒有催趕我們結帳。」她莞爾一笑。

「是呢，老闆像是不想賺錢似的。」他頓了一下，又說：「有時他還免費為我們續杯，真奇怪。」

「是呢，真奇怪……」

以前，他們喜歡晚上來這家咖啡店，隨便做些什麼來打

發時間。

　　例如各自看小說、看漫畫，例如一起玩手機遊戲，或是一起用筆記電腦觀賞經典的電影。但有更多時候，兩人什麼都沒做，就有一搭沒一搭地談天說地，說盡各種無聊的話題，也不嫌悶。

　　每星期，有兩三晚都會來這裡見面。夜了，他會陪她乘車回家，然後再趕尾班車回去自己的家。

　　這樣的日子，維持過半年，就只有半年。

　　「為什麼約我出來呢？」

　　她放下咖啡，終於問了這一個一直藏在心裡的問題。

　　「沒什麼特別，只是很久沒有和你聯絡了，忽然想見見你。」

　　他回答得有點不自然。

　　「……近來過得好嗎？」

　　「還好，現在在一間廣告公司上班。」他笑了一下，反問：「你呢，這些年來，你又做過些什麼？」

　　「跟以前差不多，還是在同一家公司上班。」

　　「沒打算換工作嗎？以前經常聽你抱怨公司不好……」

　　「這一年的情況有好一點，暫時不想再換工作了。」說完，她又拿起冰咖啡，咬著吸管。

　　他知道她這個舉動，是不想為這個話題再談下去。

　　● ● ●　有多少次，你明知道那個人不適合，但總是學不會放手。

「那，有男朋友嗎？」他笑問。

「交過一個，但分手了，現在沒有。」

「為什麼分手呢？他對你不好嗎？」

「是我對他不好而已。」她又咬著飲管。

「哦⋯⋯」

然後兩人又再開始沉默。

「你呢，」過了一會，她開口：「你又如何？」

「什麼？」他微微愣住。

「聽說最近你跟佩君時常在一起。」她笑了一下。

「你又知道？」

她留意到，他的神色有點尷尬。

「我和佩君偶爾會碰面。」她放下冰咖啡，又說：「她
常常都會提起你。」

「她反而沒怎麼提起你。」他苦笑。

「佩君說，你們經常四處去郊外旅行、吃好東西，去年
你生日，她還送了你一條手織的圍巾。」

「怎麼她連這些都跟你說。」他繼續苦笑。

「你們發展得很不錯嘛，當初介紹你們認識，似乎是正
確的決定呢。」

「⋯⋯還記得有一晚，我們三個也是坐在這咖啡店裡，
一起聊天到深夜嗎？」

「是嗎?抱歉,我不記得了。」

「嗯⋯⋯那天晚上,你們兩個女生總是在一起密談,我反而變得像個外人。」

他嘆氣,拿起自己的咖啡喝了一口。

「兩女一男的約會,總是會這樣的。」她笑說。

「不過那晚很開心,真的。」他放下咖啡,看著她。「我一直都有記著那一晚。」

她沒有說話了。

那一晚之後,她和他沒有再見面。

那一晚,佩君偷偷跟她說,有了喜歡的對象。

佩君沒有對她說喜歡了誰,但是她並不傻,她知道佩君的意思。

「有想過跟佩君認真發展嗎?」

她看著他,笑問。

他沒有作聲,看了她一眼,又轉頭望出窗外。

「如果喜歡人,就不要讓人等了。」她又說。

「我知道的。」他輕輕呼了口氣,笑說:「我只是想再確認一下而已。」

「那確認到了嗎?」

他沒有回答。

最後他只是說起其他的話題,沒有再讓佩君的名字出現。

● ● ●　與其說你不會再期望,不如說你只是假裝不會再失望。

過了一會，她看看手機，說：

「我要走了，不想太晚回家。」

他眼裡像是有點失望，但還是說了聲好，到收銀處付帳。

付帳後，店員將一個鑰匙圈放在櫃檯上，笑著對兩人說：「這是我們咖啡店送的紀念品。」

他說了聲「謝謝」，和她對望一眼，忍不住笑說：「想不到現在還有送呢。」

她將鑰匙圈拿在手上把玩，是一個哈哈笑圖案的鑰匙圈，哈哈笑的下面還寫有咖啡店的名字。

「你拿走吧。」她將鑰匙圈放在他面前。

「你不要嗎？」

她搖搖頭，回答：「我一直都不喜歡它的設計。」

「……是嗎，原來這樣。」他苦笑了一下，將鑰匙圈收進口袋。

步出咖啡店，她回頭說：

「我先走了，下次再約吧，謝謝你約我見面。」

「不用送你嗎？」他問。

「不用了，謝謝。」她揮手笑笑，轉身就走。

他看著她的背影漸漸變小，心情反而變得有點平靜。

原本如他所說，這一晚和她再見面，其實他是想再確認，自己是不是真的應該去跟佩君發展。

　　自己是不是真的已經放下了，眼前這一個曾經最喜歡的人。

　　但當他鼓起勇氣約她出來見面，而她竟然又會答應，他不由得為這次重聚，有了太多想像。

　　想像，會不會可以再跟她如以往般親近友好。

　　想像，會不會可以知道，為什麼那時候她會突然跟自己疏遠……

　　只是當真正見面時，他感覺得到，她的態度並不太投入，還有點隔閡。雖然她一直在微笑，但是他更感受得到，她對自己有著更多從前沒有的距離與客套。

　　已經不會再像以前那般輕鬆自在，可以隨便說無聊的笑話，可以一起相伴相守到夜深。

　　其實自己也只是懷念過去的美好而已？他輕輕呼口氣，拿出了手機，打電話給佩君。

　　「你在哪裡呢？吃了晚飯沒有？」

　　他一邊說，一邊看著手中的鑰匙圈。

　　「我剛剛吃過了，現在打算回家。」

　　鑰匙圈在對著他笑，他也讓自己露出了笑容。

　　「嗯，我們明天見面好嗎？」

　　他將鑰匙圈收回衣袋，往她離開的方向一看，已經再見不到她的身影。

　　●　●　●　你說，已經無法再喜歡下去，但為何之後，你還是不捨得放手。

108
再見，
不要再見
The last time
we say goodbye.

「沒什麼，只是突然好想你而已。」

他對佩君笑說，然後往另一個方向轉身離開。

———

夜深，她回到自己的睡房，從口袋裡拿出一個鑰匙圈。

是咖啡店的哈哈笑鑰匙圈。

她反轉鑰匙圈的背面，上面有一個用顏色筆畫上的心形符號。

這個鑰匙圈，是一年前，有一次他們光顧咖啡店，在結帳後，他硬要她帶回家的。

「為什麼要我帶回去？」

她當時皺著眉反問他。

「每次來這裡光顧，店員都送我們鑰匙圈，每次都是我拿回家，你知不知道啊，我抽屜裡收集了多少個這樣的鑰匙圈！」

他雖然這樣說，但神情有點不太自然。

「那就不差再多收集這一個嘛！」她將鑰匙圈推回他的面前。

「不，」他卻將鑰匙圈放到她手裡，還說：「你帶走吧。」

那時候她不明白，為什麼他會如此堅持。

直到很久以後，她無意中翻起鑰匙圈的背面，看到背面刻了一個心形符號。

直到半年之前，她與當時的男朋友偶然光顧那間咖啡店，發現店裡所贈送的鑰匙圈背面，本來並沒有任何圖案……

她坐在書桌前，看著這個鑰匙圈默默出神。

曾經她決定，如果這晚見面，只要他提出一句想再續舊情的說話，她就會將這個鑰匙圈歸還給他，以後都不要再見面。

只是最後他沒有，始終沒有。

她看著哈哈笑，微微笑了一下。

然後打開抽屜，將鑰匙圈小心地安放進一個精緻的小盒子裡。

● ● ● 或許最後還是不可能完全放下，就只有學習如何與回憶共存。

11

富山

我已經很努力地去學習如何對他更好，

然後被朋友說我變得太卑微。

可是他還是變了。

日子一天一天的過，他依然要變心。

依然要變做一個，讓我覺得好陌生的人。

那是一個炎熱的下午。

我從家裡步出來，在樓梯間走不一會，背上已經開始冒汗。

但志宏卻一臉不在乎地，站在大廈外的太陽底下，即使已經滿頭大汗，但還是一直耐心地等待著。

我緩緩的步近他，他抬頭看著我，笑得比八月的太陽還要燦爛……

不知為何，我無法直視他的雙眼。

心裡竟然有一點希望，如果這時可以下一場驟雨，會有多好。

———

那是一個有點陰涼的下午。

雖然已是七月，卻不太似是夏天。風緩緩吹過，我竟然覺得有一點冷。

或許並不是真的冷，而是我自己心灰意冷而已。

我在銘希的家前等候，已經差不多快一個小時。

他一直都沒有下來。半小時前，就只有一個女子從大廈離開。臨走前，她對我冷笑了一下。

一抹勝利者的笑容。

又等了二十分鐘，銘希終於從大廈裡出現。他雙眼無神，看一看天空，又看一看我，臉上浮起一點厭煩，然後逕自走開。

我默默跟在他的身後，不敢作聲，不敢去問。

心裡有多希望，天空可以馬上放晴，他的心情可以快點好轉。

————

無論任何事情，志宏都總是以我為先。

買了冷飲，他會先讓我喝，即使他自己已經滿身大汗。

買了新的小說，他會先讓我拿回家閱讀，即使他本來很喜歡那個作者。

看電影，他會先問我想看哪一齣。放假時，他會將所有時間預留給我。

每一晚，他都會等我致電給他才會去睡。約會後，不論多晚他也一定會先送我回家。

在我病了的時候，他試過拋下工作，特意乘車來我家照料我。

他這種非常寵我的態度，往往讓我感到十分窩心。

窩心得，有一點痛。

● ● ●　最傻的是，你明明已經逃出深淵，但你還是會想念回憶裡的某個身影。

———

不知從何時開始，銘希不會再在意我的事情。

「……喂？」

「怎樣？」他的聲音像在忙著。

「我……我不舒服。」

「去吃成藥吧！」

「我吃過了。」我聽到了電玩的聲音。

「那就再吃啊！」

「我……好像發燒了。」還隱約聽到他旁邊的說話聲。

「你不舒服就看醫生吧！找我又有什麼用？」

「你……可以陪我看醫生嗎？」

「你自己去看醫生不是更快嗎？你是不是病傻了？」

「……」

「沒其他事了吧？拜拜！」

我躺在床上，感到天旋地轉，只是也抵消不了心痛的
感覺。

———

有時候，被志宏像是奇蹟一樣地寵愛著，我心裡總會有一絲不踏實。

「為什麼……你要待我這麼好？」

他搔了搔頭，笑著回答：「因為你是我最愛的人！」

「你好肉麻啊。」雖然我這樣說，心裡卻感到了一陣安全感。

志宏就是有一種傻氣，傻氣得讓人不會再去想得太多。

但不去想，不等於不會再有任何不安。偶爾那點灰暗，仍是會尋找隙縫，悄然冒起。

如果，他不是這麼寵我，如果，我不是這麼渴望受寵……

「你怎麼了？」志宏一臉擔心的注視我。

我立即搖搖頭笑，讓那點不安暫時返回到黑暗裡去。

———

有時候，看到銘希與以前有這麼大差別，我會不禁疑惑，自己是否在做著惡夢。

他不會再對我溫柔，也不會再回我的訊息。

● ● ●　彷彿，即使不會再見，自己還是無法脫離他的支配。

上街時從來不會主動牽我的手，約會時也總是會遲到。

經常在我面前談電話，一談就談上一個小時。

有時我會聽見，他與女生在電話裡約定，要去什麼地方去做些什麼。而他的表情，彷彿像是有恃無恐。

等他終於愉快地掛線，之後對我就是無盡的冷言冷語。

我問他，你還愛我嗎？

但他不會回答，就只會嘆氣或皺眉。漸漸我不敢再想下去。

即使每次夢裡，我都會不由自主地，想得更多更多。

———

「如果哪天我要移民了，你會怎麼辦？」

「我會存錢跟你去移民！」

「如果……我不理你呢？」

「我會纏著你、到你理我為止！」

「如果……我去世了呢？」

「我會跟你……」

「不要說了！傻瓜！」

「是你問我的啊……」

「無論我變成怎麼樣，你都會這樣對我好嗎？」

「當然會！」

「……如果，我沒有想像中那麼喜歡你呢？」

「……那麼，就由我去愛你，讓你更加喜歡我，這樣不就行了嗎？」

聽著志宏的這一句話，我不能再反應，心裡感動得，無法言語。

———

「你為什麼會喜歡上她？」

「我喜歡誰是我的自由吧！」

「她是我的朋友！」

「是你的朋友就不可以喜歡？」

「你有顧慮過我的感受嗎？」

「那你又有沒有顧慮我的感受？」

「我……怎麼沒有顧慮你的感受？」

「你也不想想，你看你自己的樣子，還好意思跟我一起嗎？」

「……就是因為這樣？」

「你的朋友比你漂亮多了！人又主動熱情……」

「你……我真的有這麼……」

● ● ●　彷彿，即使離得再遠，他還是會一直躲在你的心裡，傷你更多。

「別再裝可憐好嗎？你知不知道你真的好煩！比我媽更煩！」

聽著銘希的這一句話，我不能再反應，心裡難堪得，無地自容。

———

夜，坐在回家的計程車裡，我靠著志宏的肩膊，茫然。

為什麼我會跟他在一起？為什麼我會接受他？

是因為我也喜歡他嗎？是因為他對我好嗎？

是因為他是一個難得的好人？

還是因為，我只是不想一個人？

我忽然覺得自己好自私。

自私得連我自己也覺得討厭。

也自私得，似曾相識。

可是，我實在好累。

沒有志宏，我真能撐得下去嗎？沒有他寵我，我真能復原過來嗎？

沒有他在我身旁，在這世界裡還真有我存在的價值嗎？

想著想著，我又忍不住哭了起來，把志宏的衣襟弄濕。

他馬上便察覺到了，把我的頭輕輕抬起，用衣袖替我抹

去淚水，然後，親了我的唇一下。

我在這份猶如虛幻的溫柔與甜蜜之中，讓雙眼閉上。

然後，又再想起了銘希。

———

「你可以放過我嗎？」他說，一臉無奈。

「我怎樣不放過你？」我哭著問。

「你別每天都纏著我！」

「今天是你說要過來找我的……」

「我也說過我不再喜歡你了！」他大喊。

「那你就走嘛！我都沒有留住你！」我哭得更加大聲。

「那……為什麼你又要這樣子？」但他只是一臉難為。

「你都不喜歡我，又在意我來幹嘛！」

「讓我走，不可以嗎？」兇惡的難為。

「你說過不會走的……」我仍記得他當天許諾的模樣……

「你明知道，大家繼續這樣下去，也是不會幸福的！我只會覺得你煩！」

「是我對你不夠好嗎？」我真的想不明白……

「是呀！你令我覺得好煩！一切都很煩！」

● ● ● 你知道的，有些傷口會漸漸復原。

「還是你喜歡了她、你才會變這樣？」他讓我的一切都混亂掉了。

「她是她、你是你，別混在一起來說好不好！」

「你以前……你最初對我很好很好的……」我的淚又再流下來。

「你……」他彷彿被我觸動了某條神經，接著狠狠地對我說了一句粗話。

然後，他憤然轉身離開，我將雙眼閉上。我不想我們故事的最後一幕，會是這樣子終結。

只是這個夢，在此之後，纏繞了我無數個深夜凌晨。

———

到底，真的是我不好嗎？

我不漂亮，是我的錯嗎？

他以前曾對我說過，我是最漂亮的。

身材不好，也是我的問題嗎？

她的身型比我好，你就要喜歡她了？

那我去改變身型，再打扮一下，他就會回來嗎？

但他嫌我煩，也嫌我對他不夠好。

我已經很努力地去學習如何對他更好，然後被朋友說我

變得太卑微。

　　可是他還是變了。日子一天一天的過，他依然要變心。

　　依然要變做一個，讓我覺得好陌生的人，也只會對我不再有半點在意。

　　難道我就真的連一個普通朋友都不如？還是，比路邊的野貓更不值得可憐？

　　我愛他愛了六年，跟他在一起了六年。

　　六年的感情，比不起認識一個月的人。

　　六年的回憶，彷彿沒有半點意義。

　　與他愛過六年的我，彷彿已經再沒有存在價值。

　　我一直努力支撐到這最後一天，一直在他面前哀求至最後一秒。

　　最後，我每晚仍會在夢裡想起他，想起他臨走前的，那一句粗話……

　　我好累。真的，好累。

　　每天都會不由自主地流淚，由最初每晚都會夢見他，到後來夢不見他，卻換來之後無盡的失眠。

　　然後有天，我忽然覺得，自己漸漸對很多事情都感到麻木。

　　漸漸，再也分不清楚自己想要前進的方向……

　　● ● ●　但是有些刺痛，卻會陪你經歷更多，成為你再也無法磨去的心結。

———

「做我的女朋友，好嗎？」

我默然，抬眼看志宏，只見他一臉緊張，口唇微微的抖震著。

「我⋯⋯」

「我一定會對你好好的！」他急急的說，似乎不想聽見我的答案一樣。

我心裡忍不住笑。然後我又想起，我有多久沒有笑過了？

那彷彿已經是上世紀的事情，我就似是獨自疲累了一整個世紀。一切的感覺都已經麻木，彷彿已經心死了，再怎麼難受，都已經不重要了。

只是如今，眼前的志宏，又來敲動我的心。

他仍是在意的看著我，雙眼充滿了關懷，又有些不知所措、傻頭傻腦的神氣。

這種神氣，我曾經遇見過，曾經深印過在我的腦海裡。

也曾經折磨得我死去活來。

「對不起⋯⋯」志宏忽然低下頭，說：「我不應該逼你回答的⋯⋯」

而他也是像曾經的那個人一樣，如此溫柔，如此的讓我感到窩心⋯⋯

「傻子。」我提起雙手，捧起他的臉。「我又沒說不答應你。」

志宏先是呆了一下，接著他笑了，笑得好傻，然後緊緊地抱著我。

我在他的懷裡，合上雙眼，感受那一種猶如奇蹟般、也久違了的窩心感覺。

只是……

———

「我不會走的，即使你趕我，我都不會走。」

「真的？」

「如果你趕我走，我就死纏下去，直到你回心轉意為止。」

「那麼如果你變心了，我又怎麼辦？」

「我又怎會變心？」

「我是說如果啊！」

「好了、好了……如果我變心，那麼我就娶你過門吧！」

「都不喜歡我了，卻還要娶我？」

「娶了你，做了你丈夫，我就不能夠再變心了嘛！」

● ● ●　到有天，你可能已經忘記了他的樣貌，你卻忘不了他曾經留給你的傷害。

「……傻子。」

然後，我被溫暖的幸福感緊緊擁抱著。

那一晚，也是我第一次明白到，什麼是窩心的感覺。

只是……

後來每次回想起這種感覺，都會覺得好痛，好痛。

●●● 即使後來你遇到一個更好的人，但你還是會想起從前的卑微與刺痛。

12

從情人
變成朋友

你說，你珍惜我，要做回朋友。

你說，很久沒見面，想見一見我。

你說，把東西還給我，是因為它們珍貴……

你說，帶著笑容，

是因為不想讓對方覺得自己仍然在乎……

或許你說得對。

分手後，真的，不應該再勉強繼續去做朋友。

也不是第一次與別人分手。

但這是第一次，與你分手。

———

「如果將來給我遇見你跟別的女生在街上親熱，我一定會跟你分手！」

你說，看著八卦雜誌裡近來熱傳的偷吃新聞。

「幹嘛啦你……」我無辜的看著你。「為什麼我會跟別的女生在街上親熱？」

「我怎知道你會不會？總之，」你放下雜誌，帶笑看著我說：「不要讓我看見。」

對著你的「笑意」，心裡只感到啼笑皆非，我無奈的問：

「連解釋的機會也不給我？」

「不給。」你吐吐舌，繼續看雜誌。

「那如果是你在街上跟別人親熱呢？我可以怎樣做？」我反問。

「我怎知道啊。」

「分手？」

「你敢？」你看著雜誌，沒有看我。

我繼續苦笑。

———

已經有兩個月沒有與你見面。

不是不想見，只是我不能見。

———

「那麼分手後，我還可不可以再追回你？」

我打趣問，彷彿我們真的要準備分手般。

「當然不可以啦！我都還沒有原諒你！」你盯我一眼。

「仍是先設定為我先負心嗎？」我搖頭。

「分手後仍要做回朋友，太辛苦了。」你也搖頭。

「是嗎？我跟一些舊女朋友仍是可以繼續做朋友呀……」

話未說完，我就已經感到你傳過來的「殺氣」。

「你仍然有跟以前的女朋友見面嗎？」

你嚷，雖然聲音仍是軟軟的，但當中蘊含的殺氣加醋
意，教我不敢怠慢。

「沒有，當然沒有！」

「真的嗎？」你雙眼疑惑。

「真的。」雖然偶爾我會出席以前的舊同學聚會，一年

● ● ● 如果不是真的喜歡，為什麼還要勉強做一對不會交心的朋友。

一次。

「那……就隨便你啦。」你繼續看回雜誌。

「那……」

「嗯？」

「即是不可以做回朋友嗎？」我笑著繼續問，你捏了我手背一下。

———

想不到，還可以跟你做回朋友。

因為你說，不想失去一個你很重視的人。

———

「做回朋友，就要再見面，見面時又要裝微笑……」

你每說一句，就看我一眼。

「這不是犯賤的事嗎？」

「那你可以選擇不微笑嘛。」我失笑。

「如果不笑、對方就會以為自己在恨他了。」

「恨又有什麼問題呀？」

「我不想被人以為、我仍然十分在乎嘛！」你皺眉。

「但其實就是十分在乎嘛……」我苦笑說。

「總之我不想讓別人知道我在乎！」

你如此強調，又看我一眼。

這使我忽然想起，每當聚會只要有某些人出現，你就會不肯出席……

我心裡笑了。

「現在你仍是會這樣避開以前的舊男朋友嗎？」我做著鬼臉、故意問你。

然後你一掌打在我的肩上。

———

但這次，你竟沒有選擇避開我這一位已經過去了的男友。

我是否應該要感到自豪？你竟然沒有避開我，你竟然會珍惜我……

———

「不知為何，每次遇到的人都總是會離我而去。」

你放下雜誌，忽然如此嘆息。

「這不是定律嘛？」我說，想讓你安心。

● ● ●　如果是已經不再喜歡，繼續做朋友，又可會是另一種煎熬？

「將來的事誰知道？」你看看我，像是覺得很疲倦，你苦笑說：「可能將來你也會變，變成讓我感到陌生的模樣。」

「那又可能，將來我不會變？」我笑。

「你也不是第一個跟我這樣說。」你搖著頭。

「要怎樣才可以令你安心一點呢？」我雙手抱緊你。

「不知道……」

你在我懷裡低聲說。

「那就不要想太多，好嗎？」我心裡呼著氣。

「不想……真的會好嗎？」

「那……我們定下一些計劃好嗎？」

「例如？」你抬起頭望我。

「例如……」我搔搔頭，說：「每天我都會稱讚你，你是最可愛的。」

「真的嗎？」你笑了。

「每晚我又會給你一次機會讓你任性一下。」

「真的嗎……」你重複，但雙眼像是有些不相信。

「星期一三五我們去看好電影，星期二四六就帶你去嚐美食。」

「窮死你了。」你吐舌。

「星期天，就去你想去的地方。」說完，我摸摸你的頭。

「一直都這樣嗎？」你想了一會，這樣問我。

「當然會有修改啦，每半年我們就一起檢討一次。」

我隨說隨想，又說：「可能你半年後吃得太胖、到時就要我陪你減肥了……」

「你就胖！」

你用力把我掙開，又用力的捏我手背一下。

我微微笑著，用心感受這種帶痛的幸福。

———

但如此珍惜我的你，半年後卻先向我提出分手……

你說你不懂好好愛我。

我知道，你只是愛上了另一個人。

———

「很久不見了。」

這天，你這樣說。

分開之後再說的第一句話，就是客套的說話。

「才兩個月嘛。」我笑著，裝鬼臉。

「是嗎，好像已經很久了似的。」你有點臉紅。「你……

● ● ●　其實你知道真的不應該再見，但是每次你都不捨得拒絕，還是希望能夠再默默守候下去。

好嗎？」

「還好啦。」我繼續微笑，叫自己不要反問你好不好。

你一定過得很好的。

「這是還給你的。」

你忽然說，將一個小袋子交給我。

我打開袋口來看，見到是我以前送過你的小飾物。

「幹嘛要還給我？」我說，心裡無奈。

「因為……」你小聲，「這些都是貴重的東西嘛。」

若真貴重，就不要還給我。若真貴重，就不會還給我……

「你會還給我，其實是因為你家裡沒空位放置，想讓我幫你處理掉吧。」我苦笑著說。

「才不是啦！」你有一點慌亂，向你身後不遠處的他指一指：「我只是怕他介意而已……」

那個他，似乎感到自己被我們談論，友善地向我們打了個招呼。

甜蜜的光芒，完全映照在你的臉上。

「怎麼不說話了？」

你問，我搖搖頭。

「遲些介紹你們認識吧。」

你又說，我笑了。

「你……是否不開心了？」你忽然問。

「傻啦。」

說完這句話，我感到嚴重的缺氧。

但你卻像是感到安心，輕輕微笑一下。

我努力地讓自己保持微笑。

————

「如果將來我再追回你，你會再給我多一次機會嗎？」

分手的那個夜晚，我在電話裡問你。

「我們……你以前不是說，可以跟以前的女朋友都做回

朋友嗎？」

你這樣答說。

我讓自己努力笑。

讓自己保持安靜。

————

你說，你珍惜我，要做回朋友。

你說，很久沒見面，想見一見我。

你說，把東西還給我，是因為它們珍貴……

你說，帶著笑容，是因為不想讓對方覺得自己仍然在

● ● ●　有時就算你想繼續付出或守候，最後還是只能讓自己慢慢放棄。

136
再見，
不要再見
The last time
we say goodbye.

乎……

或許你說得對。

分手後，真的，不應該再勉強繼續去做朋友。

———

最後，你向我揮手道別，與他牽著手離開。

這天是星期天。你說你們要去約會。

大概他會帶你去做你喜歡的事吧？

大概，他會比我對你更好的……

是時候離開了。

是時候，學著放棄你這個朋友……

———

只是手裡，還拿著你曾經最重視的一切。

我靜靜看著你遠去的方向，想笑，但再笑不起來。

● ● ● 有時就算再如何努力假裝笑臉，最後還是無法做到真的不在乎。

13

戀愛失敗

不知為何，這個時代的人都想得到別人的愛，

卻因為以前受過傷害或各種理由，而不想去付出愛，

但是又會自私地貪歡於一時的錯愛歡愉中。

接著荒謬地，不想受傷的人為另一個人留下了傷疤，

過程中也教會了新的受傷者學懂了自私，

然後又再由新的受傷者締造出另一場失敗的戀愛，

來回循環虛情假意重複犯錯……

在她的戀愛經過不知道第幾次失敗後，她又來到我的面前。

看見她一副失魂落魄的模樣，我靜靜的點起一根煙，抽了一口，問：「怎樣了，這次又如何了？」

她低下頭來，答：「他說⋯⋯他跟我沒有那種感覺了。」

我看了她好一會，苦笑：「真的是這樣？其實是他有了新歡才對吧？」

「不是的⋯⋯」她抬起頭，像是想替那個人辯護，但她的眼神又猶豫起來；我留意著她的反應，最後她輕輕嘆息，無奈地說：「也許，你說得對。」

我呼了一口煙。

「那麼，這次痛嗎？」

她又再低下頭，答：「痛。」

「你上次不是說，你會計算清楚、評估好風險，才去戀愛的嗎？」我想起，上一次她最後離開時的自信目光。「你還說，你不會再投入、不會對別人認真、不會讓自己受傷，那為何這次又會感到痛？」

「最初，我是真的計算好的⋯⋯」她別過臉，雙眼不知在看著什麼地方。「我以為，自己一直都駕馭得很好，這是一個我可以玩得很開心的遊戲⋯⋯可是這遊戲往往充滿意

外，千算萬算，我總是算漏了一些東西……」

　　我打斷她：「你以為你會計算，別人就不會計算嗎？」

　　她一呆，似乎真的沒有想過這情況。我忍不住重重地抽掉那一根煙。過了一會，她苦笑了：「是的，其實誰不會計算呢，連小孩子都懂得計算……」

　　「小孩子懂計算，但是小孩子不會時常去計算。」我糾正，把煙嘴丟到煙灰缸。「在你以為你很會計算時，你又怎知道別人會不會比你計算得更多？」

　　「例如呢？」她看著我，像是對此感到了好奇。

　　「你有沒有想過，所謂意外，來來去去不也是那幾套——刺激、誘惑、曖昧、挑逗、偷歡、借醉。你以為，你跟他在那時那刻奇蹟地一同經歷過的難忘回憶，其實也可能是對方有心的刻意經營而已。」

　　她沒有答話，雙眼定住了，大概在想什麼想得出神；未幾她又搖了搖頭，說：「但同樣我也沒有付出過真心呀。」

　　「你以為你沒有嗎？」我好想笑，真的好想笑。「若你沒有，為何又會痛？」

　　「我痛，是因為……」她欲言又止，我再點起另一根香煙等她，等了好一會，她這樣說道：「我痛，是因為我有付出過，我卻得不到我想要的東西。」

　　我搖搖頭，不放過她：「這與你的痛並無直接關係呀！

● ● ● 　不會再投入、不會對別人認真、不會讓自己再受傷，但不等於以後就不會痛。

你痛了，是因為你的真心受到傷害；而你付出過卻得不到你想要的，會讓你覺得不甘心，說到底，是為了你自己的一口氣而已。你難道不能分辨清楚嗎？」

她卻雙眼迷茫：「我不明白……」

我苦笑了，平心靜氣地解釋：「因為最初你抱著遊戲的心態，以計算的方式去投入那名為『愛情』的範疇，可是你又不能真的完全不投入真心，於是在一邊投入真心時也一邊計算，本來可以簡單的愛情關係，就因此而變得複雜——不能純粹地計算，也不能純粹地付出，你開始變得越來越不明白自己的感覺，不清楚自己在為著什麼而繼續下去，更不肯承認明明已經付出過的真心，到最後也就越來越不懂得愛護自己、珍惜自己的好。其實不只你，很多人都是這樣；說實話，我也真的很不明白……」

「咦，你……又不明白什麼？」

「為什麼，你們都不再願意先付出真心？」我緩緩的呼出一口煙，嘆氣。「既要害怕付出，又想對方先主動付出，結果你在計算時我也在計算，大概你們是想計算到天荒地老吧？」

「或者……你沒有試過痛？」她忽然對我笑了笑，我覺得像是在嘲笑。「痛過的人，就會怕痛，就會變得不敢輕易拿出真心；而痛過的次數越多，付出真心的能力也會越來越

低，若對方不先付出一些什麼來感動自己，誰又願意無端的先受傷害？」

　　所以說，我真的不明白——就正如我此刻也不明白她這番「理論」。我問她：「怕痛，所以不付出真心？」

　　「是的。」

　　「是什麼事情令你覺得痛？」

　　「唔……是他……或者該說是愛情。」

　　「那麼，若你怕痛的話，你完全不去接觸愛情，不與那個人投入愛情的範疇，不就行了嗎？即使你對某個人有感覺，只要你不讓自己踏前一步，那麼除了你自己以外，誰都傷害不了你。就算會受傷，也是有限度的呀。」其實我更想說，沒有愛情，人是不會立即死亡的呀；但是這太殘忍。

　　「你……是說笑吧？」她失笑了，似乎覺得我說的話很荒誕。「有感覺了，就會情不自禁的呀！如果那個人就是會讓自己幸福的人，錯過了豈不可惜？而且當那個人就在自己面前時，誰又能夠忍得住不去踏前一步呢？」

　　但是又會相信，自己能夠不付出真心，說到底，那是……

　　我暗暗嘆氣，把剩餘的煙絲抽去，然後再緩緩的丟掉那煙嘴，對天呼了一口氣，我問她最後一個問題：「那麼，你

● ● ●　你可以不讓自己愛得卑微，也可以選擇不去接觸愛情，不要遭受任何人的刺傷或捨棄。

今後打算怎樣？」

「今後？」似乎她沒有想過這個問題，她抬起頭想了一會，最後如此回答：「我想，今後我會帶眼識人。」

我看著她，報以一笑，一個苦笑。這時她彷彿已經從「帶眼識人」這目標中找回了力氣，不再如當初般失魂落魄，與我道別後便馬上轉身離開。過了不久，又再有另一個人走上前來，我記得他在兩個月前曾經試過為情自殺；我從煙包提出另一根煙點起，緩緩的抽了一口，然後又再向那個人問起那些剛才問過的問題。

公元 3028 年，地球早已枯死，流落在太空的人類只剩下不到二十萬，其中有九成半以上已經不再懂得愛情。為了記錄過去遺失了的愛情文明，我被委派乘坐時光機回到這年代，設立一間戀愛顧問公司掩飾身份，順道細聽這個時代人們的戀愛心事。不知為何，這個時代的人都想得到別人的愛，卻因為以前受過傷害或各種理由，而不想去付出愛，但是又會自私地貪歡於一時的錯愛歡愉中。接著荒謬地，不想受傷的人為另一個人留下了傷疤，過程中也教會了新的受傷者學懂了自私，然後又再由新的受傷者締造出另一場失敗的戀愛，來回循環虛情假意重複犯錯。最後，大家都學懂了自私，卻沒有人會再付出真心……也許

這真是一個戀愛失敗的時代，我們的愛情，就是由這刻開
始枯死吧？

　　你說是嗎？

　　•　•　•　　但如果為自己設下太多防線，到最後，我們又如何讓人明瞭那一份真心。

14

荒冷

由他們最初一起開始，

他就已經知道，她沒有真正喜歡過他，

從來都沒有；

因此，如果說她是因為不再喜歡他而提出分手，

他倒寧願相信，自己是做錯了一些什麼惹來她的討厭。

　　每次完事後，她都不喜歡就此去睡，總會拉著我隨便找個話題，談談說說直到天亮。

　　而這晚我們的話題，是平時甚少說的「感情」。

　　「早前有個朋友，他的女朋友向他提出分手了。」

　　「你是說 Steve 嗎？」

　　我叼著煙問，她點點頭。

　　「他們在一起已經有⋯⋯五年吧？」

　　「嗯，聽說下個月本來就是六周年了。」她的聲音有些感慨。

　　「上星期你們不是去替他『慶祝』嗎？說是慶祝什麼⋯⋯重獲新生？」

　　「是呀。」她苦笑，又說：「可是主人家依然開不了心。」

　　「失戀嘛，正常的。」我緩緩的呼著煙圈，笑說：「你有沒有介紹女生給他啊？只要有新的頂替，舊的是怎樣也會開始不在乎嘛。」

　　「你以為所有人都像你這樣嗎？」她邊說邊捏我的左手，不讓我再放在她的肩上。「你當時不在場，看不到他的表情有多執迷。」

　　「他仍然很愛 Macy 嗎？」不放在肩，還有其他的位置可放嘛。「你們都沒有勸他一下嗎？」

「已經不知勸過多少次了。」

「為什麼他們會分手？」

「唔……Steve 說，最近 Macy 的公司有其他男人追求她。」

「那個男人條件很好的嗎？」我開始對這個話題有點興趣了。「Macy 因此移情別戀？」

她白了我一眼，答：「Macy 強調，分手並不關那個男同事的事。」

我冷笑：「誰不會這樣說，只是不久後卻又會跟那個人在一起而已。」

「我也是這樣覺得。」她頓了一會，又說：「大家都開解 Steve，是對方要提出分手，錯的人不是他，他一定會找到一個更好的人。」

對「錯的人不是他」這種說法，我有點保留；兩個人要分手，錯的人一定不會只是其中一方。

沉默了好一會，她見我仍然沒有反應，便再說：「可是 Steve 卻不停堅持，說一切都是他的錯，他應該要更努力去拯救才是。」

「怎麼這樣說？」我將吸盡的香煙丟到煙灰缸。

「不知道，但明眼人都看得出來，Macy 是因為不再喜歡他了，才會向他提出分手，這根本與努不努力無關

● ● ● 所謂愛情，並非只是看見對方的好，還要認識彼此的缺點與陌生。

嘛。」

「還是他覺得自己在某些方面真的沒有下過苦功呀？」我認真地假設。

「你再亂說我就不理你。」她威脅，同時又撥開我放在她大腿的手。

「好了、好了。」我不由得苦笑，坐直身子。「那你們有向他提出你們的看法嗎？」

「嗯，大家都說如果對方不愛自己了，那再怎麼努力也是沒有用的，堅持到最後，Macy也未必會回心轉意嘛。」

我點了點頭，再燃點另一根香煙。

「只是Steve又說，就是因為Macy沒有喜歡過自己，所以才要更加努力。」說完她嘆了一聲。

「怎麼聽上去就像是……你對我殘忍，是因為你太愛我、太在意我，所以我應該要對你的折磨逆來順受？」我忍不住失笑，想不到Steve是喜歡被虐的類型。

但她瞥了我一下，反問：「你知不知道他怎樣解釋？」

「解釋什麼？」

她從我嘴中接過我的煙，輕輕吸了一口，道：「解釋為何要更努力。」

「不是他自以為太愛Macy嗎？」

「不，」她搖了搖頭，用不理解的笑意說下去：「他說，由他們最初一起開始，他就已經知道，Macy沒有真正喜歡過他，從來都沒有；因此，如果說Macy是因為不再喜歡他而提出分手，他倒寧願相信，自己是做錯了一些什麼惹來Macy的討厭。」

我聽得呆住，只好再點起第三根香煙。

「所以他最後還是對我們說，一定是他有什麼方面做得不夠好，Macy才選擇離開他的；如果他再努力一點，可能就能夠跟她復合了……」

「他傻得倒合邏輯嘛。」我吹著煙笑。

「我卻覺得有些荒謬。」

她將煙放下，頭倚在我肩，看著我們呼出來的淡霧在盪。

「其實……」我打破沉默，笑。「Steve真的不錯嘛，好男人一個。」

她依然不作聲。

「怎樣，想要下半場嗎？」

我丟下煙，雙手抱著她的身子，她似乎想掙開，這時她放在床邊的手機響起了鈴聲，大家的動作有一刻靜止。

然後，她從我的雙臂中鬆離，下了床，沒有去接手機，光著身子走進了浴室。

● ● ● 每一段戀愛，每一對戀人，都有著自己的問題，也有他們自己的答案。

而我⋯⋯

「喂？」

「⋯⋯喂？你是⋯⋯Calvin？」電話的另一邊問。

「嗯，Dorathy去了洗手間，忘了帶電話，見到來電顯示是你，所以便替她接了。」

「哦⋯⋯你們還在加班嗎？」

「是呀。」我看見浴室的門關上。

「唔⋯⋯那我不吵你工作了。」

「待會Dorathy回來，我叫她回電給你吧？」

「不用了，我也要睡了，你們加油吧，拜拜。」

「哦，拜拜。」

我按下了終止通話鍵，苦笑。

如果說，Steve對Macy如此「死心塌地」是一種荒謬的話⋯⋯

那麼，她的男朋友真的相信、我們每星期總會有四、五晚如此加班到凌晨，應該是更大的荒謬吧。

更更大的荒謬是，我感覺得到她的男朋友並不是真的相信這樣的謊話。

而，她每次都會這樣的，要我替她去接聽電話⋯⋯

其實，我真的不明白。

　　但是，也不想真的去明白。

　　我緩緩地點起最後一根煙，繼續躺在床上，看著天花板，等她從浴室回到我的身邊。

　　●　●　●　　有時我們會幸運地找到答案，有時我們卻會在那個問題中徘徊，最後傷害了彼此。

15

類愛情

這一天，

我跟你一同寫下這一段章節，發生過這一份感情。

縱然，我們都沒有表示過什麼，

縱然，我們不會是彼此的另一半……

但是這一天曾經有過的心跳與倚靠，

我又怎會輕易遺忘。

類愛情，大概從來沒有過一個這樣的詞語。

———

那天，你給我短訊，說想約我上街。

我有點意外，沒有想過你會這樣約我。

以前，我沒有與你單獨約會過，通常都是一群朋友一起上街。

但不知為何，看著你的邀約訊息，心裡竟感到一點興奮；就像是，小朋友忽然找到了被大人藏起來的玩具一樣。

我考慮了幾秒鐘，最後應了你的約。你跟我確認了時間地點，我匆匆的換好衣服，匆匆的打扮好自己，忽然又回想起你的事情……

你有另一半嗎？

好像是有的，又不敢肯定。但我已不能細想這麼多，因為就快到了約定的時間。

算了，反正就只是普通的上街啊。

懷著忐忑的心情，我來到約定的地點，看見了你。

不知為何，我覺得這天的你的打扮，與平時有一點不同。

是先入為主嗎，我相信，你也與我一樣，曾花過一點點心思在那表象上，嘗試令自己在對方的眼中，有著某些不

同；期望對方會覺得這天的自己，有一點特別、有一點吸引……

就在我胡思亂想之際，你問我想去哪兒逛。

我對你說，到哪兒去都無所謂。你對我笑了一下，然後帶我隨處逛，逛我喜歡的商場，看我喜歡的事物。

我感到了一陣寫意，想不到你的心意跟我是如此契合，雖然那些行程，或許也會是一般情侶常有的既定行程。

途中，我感到口渴，你問我想喝什麼，問過後，你就獨自走去附近的便利店去買了。

我看著你的背影，心裡不禁有點奇怪，也許我還是不能相信你原來會有這一面，不能相信你原來會這樣溫柔地對待我……原來，你是這樣的嗎？

這一個認識已經很久的朋友，原來也會有這樣的一面？

原來你是會如此關心別人、體貼入微，我以前從來沒有發現過，而如今這種不實在的感覺，卻讓我感到猶如置身夢境。

想著想著，你回來了，就只買了一瓶飲料。

我喝著那不知是什麼味道的飲料，又看看你，然後，我將手中的飲料遞給你。你有點意外，但還是欣然接過了，並愉快地喝了一口。

這刻我方才醒覺，剛才嚐過的，原來就是甜。

● ● ● 於是也有些人，寧願放棄思考，只相信或追隨自己的感覺，去貪戀一些溫暖與安全感。

後來，我們去看一場電影。這間戲院座位與座位之間的把手，是可以收起來的，而在我們坐下之前，就早已被收起了。

我和你都發現到，我和你都沒有把它放下來。

然後，我的肩就如此貼著你的肩，彼此相倚了七千二百多秒。

電影完了，天色已暗，風靜靜的吹過，我覺得有一點涼。

兩個人在街上漫步著，我忍不住挽起了你的手；你沒有拒絕，就如此靜靜的讓我挽著。

但我心裡卻半點也不覺得寧靜。

我看著你的臉，跟你說起剛才電影的情節。我說我不會像戲中的主角般殉情，我寧願快樂地生活下去。你點頭和應，也看著我說希望開心地暢遊天地。

暢遊天地，我不知道你要否有人相伴，卻回想起，這天的最初，你曾經問我想到哪兒去。如果一切可以重來，不知可否回答環遊世界，又不知你會不會真的帶我暢遊天地？

後來夜了，你說有一點餓，帶我到一間你喜歡的餐廳去吃飯。

我暗暗記著餐廳的位置，又暗暗記著你點過的菜色；然後意想不到的是，你所點的，都是我最喜歡吃的東西，我沒有想過你一直也留意著我的喜好。

你對我說起，已經很久沒有人伴你吃飯，一直以來，你都是獨個兒來這兒吃晚餐。

我問你，為什麼不找另一個人陪伴？你沒有答話，卻對我苦笑了。

我本來不明白，可是轉念一想，我開始明白你的意思。

有時候，不是不想找一個人來陪伴自己，只是有些人，想找卻未必能找；能夠去找的人，卻又未必真的想對方陪在自己身邊。

想到這裡，我凝看著你，你也回看著我，微微一笑。我越來越相信，這一天的約會，是帶著一點不一樣的意義。

飯後，你繼續挽著我的手，繼續與我相依，緩緩漫步，由這一條街，結伴同行到下一條街。

我忽然想問你，我們之後的目的地。可是我又清楚明白，目的地從來不存在，我和你，本來就並無目的，猶如沒有家的一對小孩，也猶如，一對可以互相取暖的寂寞人。

這時你的手機突然響起，我看到你有一陣猶豫，最後你拿出了手機，卻按下了關機鍵。我看看你，你看看我，彼此沒有說話，也知道有些話不應該去問或解釋太多。怎樣也好，這一夜，我都會繼續跟你無目的地走下去……

直到最後你還是要回家為止。

夜深，我回到自己的家，沐過浴、換過衣服，然後打開手

● ● ● 即使你其實知道，有些溫暖與安全感，並不真正屬於你，也不會太長久。

機，在 Messenger 裡為你的名字留神，想知道你有沒有在線。

忽然手機收到了一通來電，我看著螢幕，出現了你的名字。我立即接聽了，你細問我到家了沒有，接著催著我早點去休息，並溫柔地對我說晚安，然後，不捨的掛了線。

這是我這天嚐到的最後的甜。

我忍不住不聽你的說話，不去睡覺，打開自己的臉書，在其他人都沒有權限看到的 Status 裡，偷偷記下這一天所發生過的事情，記下我與你所有過的感覺。

完成後，我把文章重看一遍，忽然又忍不住上傳，這天跟你一起用手機影下的自拍照。

我看著你與我的笑臉，帶點默契，帶點相襯，也帶點模糊；我相信，這當中是蘊含著一點愛情，就算不是愛情，也一定是一種很接近愛情的情感。

這一天，我跟你一同寫下這一段章節，發生過這一份感情。縱然，我們都沒有表示過什麼，縱然，我們不會是彼此的另一半……

但是這一天曾經有過的心跳與倚靠，我又怎會輕易遺忘。

————

之後，過了不知幾多個日夜，過了那一段，你一直沒有

找我、而我也沒有去找你的日子。

這天，我牽著我的另一半，走在這一條街上，走在這一段曾經跟你結伴走過的世界。

不知為何，我偷偷地想起了你，心裡有點懷念當時的感覺，還有那一點，此刻不能再嚐到的甜。

忽然身旁的另一半停住步伐，彷彿像是因看到什麼而停下。我朝著他的目光看去，竟然見到了你，竟然見到我們都認識的你。

你朝著我們笑，但我卻覺得，你的笑臉，並不是因我而起；然後我又立即發現，你的右手，此刻正牽著另一個人。

我從那個人的眼裡，看到了一種似曾相識的感覺，一種，我如今仍然小心埋藏在心底深處的情感；一種，在那一幅我們的自拍照裡，所擁有過的默契與相襯。

我笑了，再也忍不住，笑了起來，看著你的另一半笑，也為著那一天所有過的感覺而笑……

你們都對我的笑感到奇怪，我卻輕輕的搖搖頭，雖然我還是在笑，雖然我其實不想笑。我主動的邀約你們，提議這晚不如一起去吃晚飯，說到底，我們已經很久沒有碰面，我們本來就是一群好朋友……

但你卻笑笑，望望身邊的人，望一望我，然後向我身邊的他，婉拒了。然後，就轉身和那個人結伴離開。

● ● ●　但至少在那月那日，你們幸運地偶遇對方，並一起感受過一刻溫柔的共振。

　　我心裡有一點兒刺痛，同時間我終於明白到，這一份感情，原來不過是一種類似愛情的情感，是一種無法昇華成一段認真關係的曖昧，是一種始終都不會變成細水長流的自討苦吃⋯⋯

　　就算曾經再甜蜜，就算如今再難忘，但類愛情，從來都沒有過這一個詞語，以後大概也不會再有人紀念，彷彿閃耀過的那一段曾經。

● ● ●　就算以後不會有任何人去紀念，就算如今還是會有一點兒刺痛。

16

安慰

你終於醒悟，你對這一個人其實沒有多少喜歡。

於是你決定，不要再繼續曖昧下去；

在夕陽落下之前，首先轉身離開，

留下最美好的一幕在彼此心裡⋯⋯

但實際的效果是，

對方會繼續獨自承受夕陽落下之後的無盡黑暗。

　　這夜，他來跟我說心事。

　　「最近，我喜歡上了一個人。」

　　不錯嘛，我說。

　　「真的不錯嗎？我總覺得……這是一個錯誤。」

　　喜歡一個人，有分對錯的嗎？

　　「如果到最後會沒有好結果，那又算不算是錯？」

　　或許吧，但不如還是先說回你怎樣喜歡了對方吧……這個我比較有興趣。

　　「唔……是朋友介紹的，他跟我同年，大家也住在同一區。」

　　嗯，那不是更方便聯絡嗎？

　　「是呀，放假時我們會約出來見面，平日我們偶爾都會一起吃晚飯。」

　　日久生情？

　　「其實……在第一次見面時，就已覺得很合眼緣。」

　　唔，那相處下去，你覺得如何？

　　「跟他在一起的時候，感覺很舒服，不用刻意去做些什麼，但就是會忍不住笑了。」

　　有一個人能夠令自己開懷地笑，並不容易呢，他一定有什麼優點吧？

　　「嗯，善解人意，細心體貼，又有幽默感……總之就不

錯。」

　　我猜，對方的外表應該也不錯吧？

　　「哈哈，你真了解我，所以……我們經常約會，四處呆四處逛，我會帶他到好吃的餐館，他會送我小禮物逗我歡喜……以前我以為不會再有這一種感覺，但和他在一起的時候，竟然都再重新經歷一遍了……」

　　那聽上去，好像真的很不錯嘛；你看你，笑得多甜……

　　「有嗎……有嗎？」

　　現在沒有了。既然發展得這麼好，為什麼又要愁眉苦臉？

　　「唔……」

　　是對方不喜歡你嗎？

　　「不是，是我覺得他喜歡我……」

　　那……？

　　「我知道按著這種步伐發展下去的話，我們是會在一起的。」

　　你不想和對方在一起嗎？

　　「……不想。」

　　為什麼？

　　「我不適合他的。」

　　例如呢？那一方面你覺得不適合？

　　「我不懂得愛人，最後我只會令他覺得痛苦。」

　　●　●　●　　有多少人，因為曾經受傷，或害怕受傷，漸漸變得不敢再去愛人。

　　但……現在你們一起相處時，不是會覺得很快樂嗎？

　　「可是誰也不能保證，這種快樂會一直維持下去，夕陽也總會有落下的時候……」

　　就是說，你們現在的情況正是最美麗的夕陽，但再過一會兒，天空就只會剩下黑暗？

　　「你說對了。」

　　但到了明天，太陽還是會再升起嘛，如果對方真喜歡你，應該也會願意跟你一起等待黎明再臨的日子呀。

　　「太陽不會再升起的了……這個比喻不太對。」

　　哦。

　　「所以，我忽然想，不要再這樣繼續下去……我不想浪費他的時間。」

　　那你有什麼計劃了嗎？

　　「唔……嘗試不找他、不接他的電話。」

　　效果如何？

　　「不太好，他不停傳我短訊。」

　　短訊有說什麼嗎？

　　「他……只是問我是不是發生了什麼事。」

　　就只有這樣？

　　「其實他還有問我，喜不喜歡他。」

　　結果是，對方有喜歡你吧。

「……大概。」

唔……那你有回對方嗎？

「我就是煩惱，不知道應該怎樣回應才好。」

說你也喜歡他不行嗎？

「那……他只會更難放開吧。」

那說沒有喜歡過呢？

「但我又真的有喜歡過他……」

唔。

「你覺得我應該怎樣回答，才可以讓他明白、但又不會令他太難過？」

我不太明白你的說話。

「始終，我跟他有快樂過，我不想他為了我而痛苦下去……」

想不到你這麼好心，最後還想要讓對方感到安慰？

「我……只是想好聚好散。」

唔。

「你說呢，如果我對他這樣說：『雖然我是有喜歡過你，但我只是你生命中的一個中途站，責任是在此時此刻令你快樂，讓你之後可以擁有更多力氣，繼續往你真正的目的地前進……我相信一定是這樣的，對不起』……你說這樣好不好？」

● ● ●　漸漸希望，自己能夠在最安全的情況下，得到別人的愛，而不敢再去主動交出真心。

唔。

「你怎麼不說話了？」

其實……

「怎樣？」

你真想聽我說嗎？

「你說吧。」

嗯……其實，你只是在安慰自己吧。

「……我不明白。」

你，有天認識了一個人，一個本來不喜歡你的人。

你說覺得他合眼緣，其實對象是不是他、你也會覺得合眼緣的，就只看方不方便你自己而已。

之後乘著地利的方便，你找到可以引起對方注意的機會，和他上街、吃飯、四處逛，做著看似普通朋友都會做的事情，實則就是希望對方會迷上你，讓你可以從中得到想要的甜蜜與溫暖。

當然，對方如果要是喜歡你了，也是他自己的選擇，沒有人強迫或勉強，是心甘情願地跟你走上那一條路；可是你縱然不願主動去想，但心裡應該還是清楚明白，是你自己先惹上對方的。

本來再發展下去，若是兩情相悅的話，也沒有什麼對錯可言。可是你忽然又說，跟你在一起會沒有好結果，與你走

在一起，注定會是一種錯誤。你這種清醒出現得實在太過合時，最初沒有出現，在你們曖昧的時候，更是不曾有想起過這一個「結果」。

接著，當對方漸漸忍不住想向你表明心意，你就突然清楚知道，再這樣下去就會很難脫身。你終於醒悟，你對這一個人其實沒有多少喜歡。於是你決定，不要再繼續曖昧下去；在夕陽落下之前，首先轉身離開，留下最美好的一幕在彼此心裡，但實際的效果是，對方會繼續獨自承受夕陽落下之後的無盡黑暗。

說什麼自己只是一個中途站、讓對方繼續往目的地前進，也不過是你給自己的藉口而已。先不說對方未必真有什麼目的地，你又憑什麼可以肯定，自己所做的所留下的回憶，就真的只是對方生命裡的一個中途站而已？

若你真是那麼高瞻遠矚、可以如此確定這些未來，那為何在最初尚未發展的時候，你又不去阻止自己惹起對方的感覺？

如果你真不想令對方難過，為何連一個電話也不敢接聽、連一個直接正面的真誠回覆也不去做好？

最後所謂好聚好散，也只是你單方面的觀感，除了讓你可以不那麼自責地好好離開之餘、也為下一次的「合眼緣」再來時準備一個良好的「公眾形象」吧⋯⋯

● ● ●　只是除了被愛，每一個人其實也需要找到另一個適合的人，付出愛情，去完滿彼此的人生。

喂，怎麼輪到你不說話了？

不用擔心呀，你之前說的話，除了安慰到你自己之外，一定也會安慰到他的。

為什麼？

既然明知道你騙他，他仍是會喜歡你，那就算你再說些什麼，他也一定會聽你的……

不是嗎？

唉。

● ● ● 愛人與被愛，是兩種不同的情感。只是有時候，我們自己也未能分辨清楚。

17

最好的

已經竭盡自己所能，對他很好很好，

但縱然如此，她還是感受得到，

他開始會習慣將自己所做的任何事情，

與一套無形的標準來比較。

也許他還喜歡她，她相信。

只是，他此刻會更執著於，

自己過去喜歡過的對象而已……

「你會待我好嗎？」

「當然會啊！」

「……即使，我不夠好？」

「傻瓜，你待我這麼好，又怎會不好呢？」

「……你才傻。」

「傻瓜，我們一定會好好的，只要我們在一起，就會很好很好的……」

————

阿峰一直以為，自己是全世界最幸福的男人。

因為，能夠和梓寧在一起，是阿峰以前從不敢想像的事情。

最初他只敢希望，自己能夠成為梓寧最好的朋友，在她需要的時候，在身旁陪伴她、支持她、關心她，就已經足夠。

但是，她竟然會選擇跟自己一起，成為自己的女朋友，將幸福寄託於自己雙手……

尤其是，她待自己是這麼的好。

每天早上，梓寧都會打電話給阿峰，怕他不知道要起床。每當有空，她又會傳短訊給他，告訴他在什麼地方、和誰一起、在做著什麼。

　　約會的時候，從來不會要他太花錢；他提議的任何節目，她也會欣然接受。他生病了，她會特意買粥送到他的家；他有事忙，她會自己去找事做，從來不會讓他有半點煩心。

　　平時，她會為他買喜歡吃的零食，會送他喜愛的衣服。在他生日的時候，她又會挖空心思替他慶祝，更送了一條名貴的圍巾給他當禮物。

　　直到那時候，阿峰都依然認為，自己是最幸運、也最幸福的人。

　　直到有一次，朋友無意中跟他提起，梓寧從以前開始，就很喜歡親手織圍巾，送給她喜歡的人。

―――

　　「那條圍巾……」

　　「嗯？」梓寧抬起眼微笑。

　　「……沒什麼。」

　　話到嘴邊，阿峰反而不知該怎麼說下去。

　　過了一會，梓寧卻這樣問他：

　　「你不喜歡嗎？」

　　「不是。」

● ● ●　或許到頭來，我們就只是希望能夠好好地喜歡一個人，能夠全心全意去成就彼此的幸福。

「那麼，怎麼你今天沒戴？」她雙眼看著他。

他不知道應該怎麼回答。

但是她依然看著他。

過了很久、很久，他終於開口：

「為什麼要買圍巾送給我？」

然後，梓寧低下頭來，沒有作聲。

阿峰看著她，一直看著她。

心裡忽然明白一件事。

原來，自己並非是最幸運的一個。

———

從前，梓寧很喜歡織圍巾。

從前，是她好喜歡浩揚的那個時候。

浩揚是她的初戀對象，也是她曾經最愛的男孩。他的外表俊朗，性格風趣幽默，很受朋友歡迎。而那時候，她不過是他的其中一個朋友。

為了令浩揚有機會喜歡自己，梓寧對他做過很多以前不會做的事情。

例如，浩揚有賴床的習慣，於是她每天都會校好鬧鐘，在清晨準時致電給他喚他起床。又例如，她知道他喜歡吃巧

克力蛋糕，於是她就經常買巧克力蛋糕送給他，甚至學習親手烤製。

在未遇到浩揚以前，梓寧從來不敢相信，為了喜歡的人，自己竟然可以付出到這種程度。只是，浩揚身邊實在有太多要好的異性朋友，他也從沒有表明過喜歡她……

於是，為了他，她繼續去做更多讓他喜歡的事情。

只要他有空的時候，她就一定會抽空陪他；如果他沒空，她也不會勉強他見面。與他約會前，又會先準備好當天的行程，一切的花費，她也從來不會向他收取。

在他生日的時候，她又會預備他想要的、但一直沒有買的名貴用品。有空的時候，又會為他編織各種花紋圖案的圍巾，只因為她知道，他喜歡戴圍巾。

然後，最後，為了得到他的喜歡，甚至獻出自己的第一次……

即使之後，自己仍然不是他的女朋友，他甚至沒有表示過喜歡或不喜歡，就與她斷絕了往來。

梓寧實在不明白，自己已經對浩揚這麼的好，他為什麼還可以待她如此狠心。

是因為尚未達到他的要求嗎？是因為有其他的人待他更好嗎？還是因為他從來沒有喜歡過自己？還是因為他不過存心欺騙自己？

● ● ●　如果自己真心喜歡的人，也願意認真地喜歡自己。

　　她找不到他，也找不到答案。可是他的絕情，卻為她帶來了極深的傷害。

　　有好一段時間，梓寧變得不想結識異性朋友，不敢對任何人太好，也不懂得向人交心。後來甚至不敢與別人靠得太近，怕對方會在有意或無意間，對自己造成傷害，怕自己過度的自我保護，會惹來別人的更多討厭。

　　直到有一天，她偶然遇上了阿峰。

　　阿峰樂觀天真的個性，鍥而不捨的精神，還有他的笑臉與愛護，讓梓寧漸漸記起，對一個人交心、一起暢懷歡笑，原來是什麼滋味。就算對方不在自己身邊，但她知道，此刻阿峰最想念的人，一定會是自己；不會有任何不確定，不會再有一再的失望與不安，也不會再因為太愛一個人卻得不到回報而受傷。能夠被一個人如此想念、關愛，原來是一件多麼幸福而重要的事。

　　因此，梓寧最後答應了與阿峰在一起，成為他真正的女朋友。而之後，她也努力去盡女朋友的本份，對他很好很好，不希望錯過這一份難得的感情。

————

　　「其實你真的有喜歡我嗎？」

　　只是後來，這一條問題，經常出現在阿峰與梓寧的對話裡。

　　因為他終於發現，縱然她對自己很好，但那當中總是帶有過往舊事的影子。

　　例如阿峰其實並不特別喜歡戴圍巾，但梓寧會送圍巾給自己，是因為她以前喜歡的人喜歡戴圍巾而已。

　　而且，還要是親手編織給那個人。

　　雖然沒有人拿來比較，但阿峰還是強烈感受到，自己在梓寧的心裡，及不上那一個從未見過的誰。每次與梓寧見面，阿峰都不能自控地亂想，最初她會選擇與自己在一起，是真的因為也有著深刻的喜歡嗎？其實不一定吧，其實就只是因為，自己對她很好的緣故吧？

　　其實，自己只是一個剛好出現的救生圈而已。

　　雖然阿峰從來沒有將這些亂想，向梓寧透露過半點，但是梓寧還是感受得到，與阿峰相處的時候，他表現得越來越冷淡，不再像以前般愛護自己。在約會的時候，他經常都表現得沒精打采。打電話給他，他也常常沒有接聽、沒有回電給她。

　　她知道，她了解，他心裡埋藏著怎麼樣的暗影。可是明白歸明白，自己內心的難受，他又會懂得體諒嗎？

　　已經竭盡自己所能，對他很好很好，但縱然如此，她還

● ● ●　如果可以在最適合的時間，遇上對方、留住彼此，那有多好。

是感受到，他開始會習慣將自己所做的任何事情，與一套無
形的標準來比較。

「其實你真的有喜歡我嗎？」

她最後忍不住反問他。

但他沒有回答。

也許他還喜歡她，她相信。

只是，他此刻會更執著於，自己過去喜歡過的對象而
已……

即使他其實，並不真正認識浩揚這個人。

即使她其實，並未完全放下浩揚這個人。

———

「你會待我好嗎？」

那天，她抬頭看著他，輕聲問。

「當然會啊！」

他用力的抱著她，只覺得無比的心滿意足。

「……即使，我不夠好？」

但是，她還是繼續的追問，彷彿想要確認一些什麼。

「傻瓜，你待我這麼好，又怎會不好呢？」

他這樣說，然後低下頭來，親吻了她的唇。

「……你才傻。」

她喊，眼角忍不住流下淚來。

如果當初喜歡的，是眼前的這一位，多好……

可惜不是，可惜已經不再……

「傻瓜。」他輕撫她的頭髮，笑道：「我們一定會好好的，只要我們在一起，就會很好很好的……」

那天，她終於得到一份無比窩心的幸福。

雖然，也有一點心痛。

雖然，也已經無法再成為曾經最好的、願意為愛情犧牲所有、最義無反顧的那一個自己。

但是她知道，自己會跟眼前的這一個人，好好地走下去。

至少會比以前的人，更好，更幸福。

●●● 只是縱然我們都有這個心願，但有多少人，後來還是只能漸走漸遠，以後都不會再見。

18

最後一次的
再見

最後他終於發現，在那個聚會裡，

她一直都跟在另一個人的身旁。

雖然他們沒有牽手，

但旁人都可以猜到，他們兩人正在甜蜜地交往中⋯⋯

最後他終於察覺，自己一直以來，

對她原來有著怎樣的感情。

只是自己都一直逃避去面對罷了。

　　這夜，心血來潮，他一個人回到了這個地方。

　　一個以前幾乎每晚都會經過，也曾經很熟悉的地方。

　　其實只是一條普通的老街，寥寥無幾的路人，微微昏黃的街燈，沒有太多改變。

　　就跟兩年前離開的時候，仍然一樣。

―――

　　「你知道嗎，每逢夜深，這裡都會有貓咪聚集呢！」

　　還記得，她曾拉著他到一條燈柱旁邊，細看在附近徘徊的貓星人。

　　「為什麼牠們會聚集在這裡？」他隨口問道。

　　「因為會有好心人來餵牠們啊！」

　　「你見過嗎？」

　　「沒有。」她回頭看著他，「不過如果沒人餵，那這些小貓早就餓死了，不是很可憐嗎？」

　　「你想得太多了吧。」他搖頭失笑，又說：「可能是牠們的爸爸媽媽餵牠們呢。」

　　「……你真的不浪漫啊！」

　　「……」

————

　不知為何，這段回憶如今會突然浮現。

　過去一年，他一直都避免去想，不想念及一切與她有關
的事情。

　如今重新走在這一段路上，每走一步，彷彿就能喚醒起
更多細碎。

　還記得，那一段路會有地陷。

　還記得，那暗角偶爾會有警察出現。

　路口旁的小食店，總是要等到凌晨才會關門。

　那家小吃店的紅豆冰棒，也是她最喜歡的……

————

　「其實跟便利店的紅豆冰棒有什麼分別啊？」

　他從她手裡接過冰棒，打開包裝咬了一口。

　「怎會一樣呢！」她斜眼看他，苦笑。

　「不也是同一家公司的出品嗎？」

　他提起冰棒的包裝紙來看。

　「傻子，怎會相同啊，至少每一次吃的時候、吃的地
方，都是不同的啊……」

● ● ●　有多少感情，是發生在不知不覺之間，也只能平息於後知後覺之中。

「那為什麼剛剛吃完晚飯後，不直接去甜品店？」

她搖了搖頭，從他手中搶回冰棒，然後在他剛剛咬過的位置，輕輕的咬了一口。

———

後來他回想，那時候自己是真的太笨，為什麼竟然會忽略這許多事情。

例如，為什麼她常常有事沒事都會來找他，即使只是她單方面不斷說著不有趣的話題……

為什麼自己偶爾遲覆了她的短訊，過後會換來她一段時間的沉默不回應，即使最後她還是會再次回覆自己……

為什麼，他失約了很多次，她還是會再約會自己，甚至是勉強自己應約……

為什麼，每次他都表現得不太情願，但最後自己還是會來到這段路上、送她回家……

是因為自己當時未有察覺到她的心意？

還是自己太遲才發現內心的真正情感？

想到這裡，他停下了腳步。

抬頭看，自己已經來到了她所住的大廈門前。

———

「嗯，要不要來我家坐坐？」

那個夜深，她曾經在這個地方，這樣問他。

「有什麼好坐呢？」他看看手錶，又說：「晚了，我要
回家。」

「……真的那麼趕著回家嗎？」

「不回家，又應該做什麼？」他失笑。

「我還不想回家，不如……」她低下頭，再抬起臉時一
臉為難。「不如陪我去附近公園逛一會，可以嗎？」

他嘆氣，說：「如果你想逛，你自己去逛吧。我真的要
回家了。」

「……其實，為什麼你每次都會送我回家？」

「是你要求的呀。」他答得乾脆。

過了好一會，她回道：「我明白的。」

「明白就好。」

然後，她沒有再跟他說話，也沒有說告別，轉身走進大
廈的大廳。

● ● ●　就算再不捨得一個人，也不等於就要讓你自己一等再等。

———

之後，她就再沒有主動找他，短訊與臉書，也再沒有半點交流。

偶爾在朋友的聚會見到碰到面，她也不會跟他打招呼或說話，讓他莫名其妙。他不是感受不到她的冷漠，是生氣嗎？但經過幾次同樣的情況，他有點明白，與其說她是在生自己的氣，不如說她是想從此遠離自己。

每逢他會出席的聚會，她都不會出現。有多少次，明明她是答應了出席，但當他也答應出席時，她最後總會有各種理由而沒有赴會。

是如此討厭自己嗎？再遲鈍，他還是發現到自己內心的失落。

也終於察覺，自己其實並非完全不享受，與她相處時的那些時光。

那些似乎無理的邀約，總是約在星期一至三下班後、他工作沒有那麼忙的夜裡發生。

以前覺得煩擾的夜深短訊，當收不到之後，他反而有點懷念她的溫柔與關心。

每次打開臉書，也再不會看到她的無盡按讚通知；但他

在她的臉書逗留的時間，反而變得越來越長，卻又始終猶豫自己該不該去問候一句、留一個讚。

明明以前對她不會有這些感覺，即使她再做些什麼、表現得再親近，也只會覺得有點厭煩，想逃避，想著如何不要面對或回應……

是因為知道她對自己有感覺嗎？而自己當時真的完全沒有想跟她發展的意思？

或許是這樣吧，但他又不明白，自己為什麼又會一再去赴她的邀約。如果不喜歡她，其實可以直接的拒絕，那就不會有之後的事情，也不會讓如今的她如此討厭自己……

更不會讓自己為了這一個已經不再在身邊的人，而煩惱了多少夜深。

然後，直到上星期，他在一個朋友的生日聚會裡，意外地看到了她的出現。她的臉上掛著他久違的笑容，那曾經熟悉的說話聲，那表情那眼神，就像以前她親近自己的時候……他忽然醒覺，這些事情如今已經不會再屬於自己；那麼她如今想要親近的對象，又會是哪一個人？

最後他終於發現，在那個聚會裡，她一直都跟在另一個人的身旁。雖然他們沒有牽手，但旁人都可以猜到，他們兩人正在甜蜜地交往中……

最後他終於察覺，自己一直以來，對她原來有著怎樣的

● ● ●　你以為等得累了，終有天會懂得放棄，只是真的等到那天，你也再沒有離開的力氣。

感情。只是自己都一直逃避去面對罷了。

———

「這麼巧？」

忽然，耳邊響起了她的聲音。

他一直為往事想得出神，完全沒有發現，有人走到了自己身旁。轉過身，只見她就站在不遠處，她身邊有一個人，就是在那個聚會裡常常與她一起的男生。

他們的手，是緊緊的牽在一起。

「啊，是的。」他努力擠出笑臉，回道：「剛巧路過。」

「嗯。」

「晚了，不吵你們了。」他說，然後從她的身旁走過。

「喂。」她喚他。

他愣住，停下腳步回頭。

她看著他，好一會好一會，最後只是輕輕搖頭，說：「再見。」

「……再見。」

然後，他就再沒有回頭，一直走一直走，離開了這一條老街。

　　她佇在原地，默默看著，直到再看不見他的身影，她才鬆開了原本牽著的手，對男生說：「對不起。」

　　男生微笑搖了搖頭，說：「不要緊。」

　　她呼了一口氣，目光依然看著他離開的方向。

　　男生問她：「真的不要緊嗎？」

　　「什麼？」

　　「就這樣讓他走了，不要緊嗎？」

　　她默然，過了一會，才笑說：「他說他只是剛巧路過嘛。」

　　「但你依然會在乎他，否則剛才不會特意牽著我的手吧。」男生苦笑。

　　「我只是不想在這裡再遇見他而已。」

　　「是嗎，但我還是不明白。」男生繼續苦笑。

　　她沒有回話，又再看了看他離開的方向。

　　那不是他回家應走的方向。

　　如果再往前走，就會去到以前她想與他一起前往的那個公園。

　　在那個公園的盡頭處，可以看到一幀很漂亮的夜景……

● ● ● 再不甘或不捨，那個不對的人，也只會繼續是一個不對的誰。

———

「嗯，不如找一次，讓我送你回家吧？」

聽到她這樣說，他一臉訝異的表情。

「怎麼了，不可以嗎？」她故意鼓起腮。

「這⋯⋯不好呀。」他有點不知所措。

「為什麼不好？」她追問。

「那為什麼你要送我回家？」

「因為你送了我這麼多次呀，偶爾我也想回禮。」

「這不算回禮囉。」他苦笑，又說：「你送完我之後，不是又要我再送你回家？」

「你不用再送我啊，之後我自己回去就可以了！」

「不可以。」

「為什麼不可以？」

他沒有再說下去，神情有一點點窘，但是雙眼更帶著一點堅定。

她也沒有再追問下去，心裡卻感受到一絲無法言喻的甜。

———

只是，都過去了。

也是，最後一次了⋯⋯

再見，她心裡默默再唸一聲。

再見，不要再見。

• • • 其實，有時沒有回應，也是一種回應；就讓無聲的疏遠，來代替說再見。

19

意義

The last time
we say *goodbye*.

若說這生愛你真必須要有什麼意義的話，

若那點意義原來不在於你愛不愛我，

那麼這無數流逝了的時間、心神與感情，

其意義或許就是，如果某天有一輛車要撞向你的話，

我就是那一個命中注定要去解救你的人吧？

七月二日凌晨，一輛私家車駛過公主道與界限街交界時，撞倒一名男子。被撞倒的男子頭部受傷，送院之後證實不治……

———

「嘿，要醒來了。」

一把聲音在子謙耳邊說。

「嘿……」

那把男人聲音又繼續嚷，但子謙只覺得很累，不想睜開眼睛。

「真的，要醒來了。」

子謙心裡想，別吵了，讓我再睡多一會不行嗎？

「醒啊！」

聲量突然提高了好幾倍，子謙一嚇，掩著雙耳整個人彈起，卻見到一個滿面鬍鬚的長髮男人，正坐在面前瞪著他。

「傻的嗎？你幹嘛這麼大聲？」雖然子謙不認識這個鬍鬚男人，但仍是忍不住開口抱怨。

「我已經喚過你好幾次，是你自己不願起來。」鬍鬚男漫不在乎的說，從胸口衣袋中掏出一根香煙點燃起來，抽了一口，又道：「可以了嗎？我們要準備走了。」

　　「走？走到哪裡？」子謙一呆，環視一下四周，只見是一間普通的房間，有點像酒店的裝潢，自己現正躺在一張鋪著白色床單的大床上。他忍不住再問：「這裡是什麼地方？」

　　鬍鬚男說：「你不記得嗎？你已經死了。」

　　子謙心裡有點混亂，但還是努力回想之前所發生的事……他記得，自己被一輛夢想擁有了好久的法拉利跑車撞倒，還記得那兩盞車頭燈閃耀得有如魔鬼、如何在剎那間從遠至近衝到臉前；他知道，自己是應該已經死了。只是他又忍不住再看看四周，暗想，這樣的環境竟然會是天堂？而且……

　　還有一個鬍鬚男人在抽著煙、瞪著自己。

　　子謙不禁搖頭，看來自己還是會下地獄吧？

　　「你正在想什麼？」鬍鬚男叼著香煙，問他。

　　子謙苦笑，算了，反正都死了，這些小節就不要太在乎。

　　鬍鬚男卻說：「你是在想，我為什麼會抽煙？」

　　子謙不禁嚇了一跳，原來這個陰差竟然可以猜到他的心思。

　　「喂，我不是什麼陰差……」鬍鬚男失笑，但這句說話也更證實了子謙的猜想。在抽了一口煙之後，鬍鬚男續說：「我只是一個接頭的人而已。」

● ● ●　心累時，需要別人的陪伴，也需要遠離那些會讓你更累的誰。

「接頭？」子謙忍不住插口，打趣地問：「即是無名小卒的角色了？」

「無名小卒？你說我是無名小卒？」鬍鬚男大怒，將香煙怒摔到地上，並霍地站起，高大得有如天神。「我哪是什麼無名小卒了？你說我有哪一處像是一個無名小卒？」

「但⋯⋯但你說⋯⋯」子謙被鬍鬚男的氣勢所逼，卻還是囁嚅說下去：「你說你是接頭的人嘛⋯⋯」

「接頭又有什麼問題！」鬍鬚男的長髮幾乎全要豎起來。

「沒有問題⋯⋯」子謙惟有這樣回答，心裡想，如果自己再亂說話，之後可能就要在地獄受苦了。不過說回頭，單是接頭的人就能知道別人心裡所想，這個地方真是有夠誇張。

「你錯了。」鬍鬚男忽然這樣說，他的神色似乎已經冷靜下來。「除了知道別人的心事，我還能夠解答任何你想知道的問題。在你生前，你有什麼問題一直都未能想通嗎？有沒有一些事情，你到現在仍然會好想知道真正的答案？」

「為什麼是問題，而不是心願？」子謙覺得有趣。

鬍鬚男苦笑，說：「你不妨想想，來到這裡的人還會有什麼心願？」

子謙默想，也是的，如果可以的話，自己的心願應該是想復活過來吧，他還未想死⋯⋯

　　「好了，你有什麼問題想問嗎？」鬍鬚男又問。

　　「那麼，你能告訴我讓自己復活的方法嗎？」

　　鬍鬚男一呆，然後又不禁氣惱，大聲的說：「都說不能讓你回去了！你就不能想一個正常一點的問題嗎？」

　　子謙忍不住大笑：「這麼多限制，倒不如不要讓人問什麼問題，直接送去地獄就好了嘛。」

　　鬍鬚男聞言，更氣得不停喘氣，抖震的說：「就是想你們可以無牽無掛地往生、重過新生，才會為你們解答心裡放不下的煩惱！」

　　子謙抬頭，茫然地想了一會，自己還要問些什麼嗎？人都已經死了，再知道下一期六合彩的號碼、自己所持的股票最高會升到什麼價位，又有什麼意思？這些問題，在死了之後就已經失去了一切意義吧。

　　但一轉念，子謙忽然又想起了一個問題，一個他差點已經忘記要去問的問題。他望向鬍鬚男，只見鬍鬚男也正在看著自己，眼神之中彷彿帶著一點慈愛，讓子謙心裡有一種溫暖的感覺。

　　子謙問：「這個問題，你可以回答我嗎？」

　　鬍鬚男點了點頭，卻又嘆了一口氣，反問：「你真想知道嗎？」

　　然後，子謙也點了點頭。鬍鬚男閉起雙眼，過了好一會

　　● ● ●　偶爾也要對某些人自私一點，別讓不對的人繼續得寸進尺。

後又再睜開眼，緩緩回答：「按照現時世俗的定義，她是喜歡你的。」

「只是喜歡？」他脫口而出，接著又忍不住再問：「什麼是世俗的定義？」

鬍鬚男不知從哪裡掏出了一本厚厚的書，翻到其中一頁，看著書本說：「現時世俗對喜歡的一般定義，就是一個人對另一個人有親近的傾向，想從對方身上找到歡愉的感覺，並對那個人期望做出牽手、擁抱或更多的行為⋯⋯就是這樣了。」

「就是這樣？」子謙不禁失笑，覺得這樣的世俗定義實在兒戲。

「就是這樣兒戲。」鬍鬚男又看穿他心中所想，「你以為現今的人對『喜歡』這個詞語會看得有多重嗎？」

子謙回想自己在生時所見過的情況，實在不知應該如何辯駁。他只好說：「那麼，別理世俗的定義了，單從我與她之間來說，她對我的感情是怎樣的？」

鬍鬚男不語，又先是閉上雙眼，好一會後才回答：「若按照你的定義的話，她不能算是喜歡你。」

子謙聽著這個答案，心裡反而有點釋然。因為這個認知，在他在世之前，自己早已經想得十分清楚，也知道自己對愛情的要求是有多高、分野如何清楚——好感並不等同喜

歡，喜歡不一定等如愛，如果並不是真正愛的人，就不應該
去親近……他知道自己在愛情方面，其實是有點過份執著。

可是，她呢？

「你真的想知道答案？」鬍鬚男又再問，同時間從衣袋
中又抽出一根香煙點燃。

子謙點頭，說：「我就只有這件心事未了。」

「知道了答案，真的好嗎？」鬍鬚男呼了一口煙。

「我不知道。」子謙苦笑一下，「但是你卻讓我有知道
答案的機會。」

「是的。」鬍鬚男也苦笑，閉上眼一會，然後再繼續
說：「按照她的定義，她是愛你的。」

「她……愛我？」子謙不敢相信這個答案。

「是的。」

「可是……」

「你是想問，」鬍鬚男將煙嘴移離唇邊，緩緩說下去：
「若她愛你，那麼她又愛Calvin、文風、守志這些人嗎？」

子謙不語，可一雙眼卻定定的望著鬍鬚男，期待他的
答案。

「其實……我不太明白你知道了這些事情的真相後，對
你自己又有什麼好處。」鬍鬚男搔搔頭，慨嘆，但還是說下
去：「Calvin、文風、守志這些人，她也愛。」

● ● ●　他最後沒有選擇你，並不是因為你不夠好，或許就只是因為一些與你完全無關的理由。

　　「怎麼可以同時間愛上幾個人的？」子謙忍不住問，同時間感到無比失落。

　　可是鬍鬚男卻淡淡的說：「按照你的定義，是不能；可是按照她的定義，她卻可以呀。」

　　「是因為……她不知道什麼是愛？」子謙失笑。

　　鬍鬚男搖頭，回道：「不可以如此輕易推論啊。說到底，你們本來就成長於不同的環境，有著不同的經驗與價值觀；從生物學上來說，你跟她的腦部構造也不完全相同呀。」

　　「那麼……我愛她，又有什麼意義呢？」

　　「塵世間的事，也未必真有什麼意義，想得再多，有時反而是自尋煩惱吧。」鬍鬚男抽了最後一口煙，把煙嘴丟到地上，又說：「好了，再沒有其他問題了？我們走吧。」

　　「到哪裡去？」子謙看著鬍鬚男，雙眼茫然。「是到地獄去嗎？」

　　鬍鬚男笑了：「誰說到地獄的？我要帶你上天堂。」

　　「我本來以為我不能上天堂的。」子謙一邊苦笑，一邊從床上站起來。「小時候，我曾經偷過老媽的錢啊。」

　　鬍鬚男看著他，忽然問：「你真的忘記了嗎？」

　　「忘記什麼？」子謙反問。

　　「你是因為忙於推開那個你愛的女生，才會讓自己被車

撞倒呀。」鬍鬚男一臉奇怪的說，「你是代替她而犧牲的，所以就能夠上天堂了。」

「是這樣嗎？我都不記得了。」子謙輕輕嘆氣，當時的情況實在太危急了，自己都沒有想到過什麼犧牲，就只知道要守護身邊人的安全。可是子謙忽然又明白到一件事——

若說這生愛你真必須要有什麼意義的話，若那點意義原來不在於你愛不愛我，那麼這無數流逝了的時間、心神與感情，其意義或許就是，如果某天有一輛車要撞向你的話，我就是那一個命中注定要去解救你的人吧？

是這樣吧？

想到這裡，子謙心裡覺得有一點釋然。他看到鬍鬚男似笑非笑的望著自己，也不想理會有什麼意思了。他問鬍鬚男：「那麼，天堂上會有美女嗎？」

鬍鬚男卻沒有正面回答：「天堂上不只有美女。」

「還有些什麼？」子謙繼續追問，「會有我想見的梅艷芳跟張國榮嗎？」

「你的期望真古怪。天堂裡自然會有適合進天堂的人嘛，就例如明光社的弟妹……」

「呃……對不起，我可不可以改選下地獄？」

「太遲了。」說完，鬍鬚男的臉上浮起一絲奸笑。子謙不禁想，這個天堂看來跟現世一樣，也開始有點不正常了。

● ● ● 但你卻一直責備自己，為什麼自己做得不夠好……

　　忽然眼前出現了無數的白色光芒，耀眼得讓他再不能看清楚
四周，包括酒店房間、鬍鬚男、以至他自己；他知道，這一
生真的要完結了⋯⋯

　　這一生，有愛過一個人，真好。

　　永別了。

● ● ● 為什麼他的一切始終只能與你無關。

不認識你

她終於肯定，

自己是真的認識這一位，說不認識自己的人。

只是如今肯定得，有點遲了。

「喂，你看到那裡寫著什麼嗎？」

「哪裡？」

「那裡啊。」她用手指了指。

「哦……」

「怎樣，看到了嗎？」

「看不到呀。」他懶懶地回說。「太遠了，我看不
到。」

「為什麼會看不到？」

「你又看得到嗎？」

「……我看得到就不會問你了。」

「那就是嘛。」他回頭瞥她一眼，沒好氣。「我的近視
不比你淺，你都看不到了，我又怎會看得到？」

然後她的臉上，剩下了一片紅。

————

「其實，為什麼你每天都這麼有空？」她問。

「我哪裡有空？」他答。

「你沒有空？」她愣住。

「每天我都要上學、上班、吃飯、溫習、上網、睡覺，
各樣都在忙，你覺得我還會有空嗎？」說完他仰天長嘆了

一下。

「既然那麼沒空，」她別過臉，不看他。「為什麼你每天還是會來找我呢？」

「是呢，為什麼呢？」他對著空氣發問，彷彿空氣先生才是當事人。「每天來到這裡，無聊地對著空氣說話，你不覺得浪費時間嗎？」

「你才是無聊！」她微窘，用書本拍打他的頭。「你就別阻著我，我要溫習了。」

「算了，你記性這麼差，怎樣也不會讀得好的。」他取笑，又說：「待會你不要反叫我替你買水就好。」

「你好煩呀！」她大叫，憤憤的用雙手推開他。他則得意地閃過身避開。

「麻煩你們，」忽然傳來一把男人聲音，他們回頭一看，不知在何時出現了一個中年男人。「這兒是圖書館，你們說話的音量可以輕一點嗎？」

她不禁吐吐舌，同時間在他的臉上，看到了一模一樣的表情。

————

「生日會嘛，就不用這麼隆重吧？」她看著日曆，嘆了

● ● ●　來到這天，你還會否對這一個已經陌生的人，存有太多的思念，還有不捨。

口氣。

「你難道就不想過得熱鬧一點嗎？」他側頭看她。

「隆重跟熱鬧可是兩回事來的嘛。」她拍打他的頭。

「其實……又有多隆重了？」他一臉不解。

「你還說不隆重？」她忍不住苦笑了一下，然後指著日曆，說：「九日到 KTV 慶祝、十日就出海遊船河、十一日上你家舉行 Party、十二日再到河濱公園辦烤肉大會……我這二十年來，都未試過這樣慶祝生日呢！」

他搖搖頭說：「誰叫你的朋友這樣多。」

「那麼就只辦一次、大伙兒都到 KTV 慶祝，不就行了嗎？」她苦笑。

「怎麼身為主人家的你，會這般抗拒辦生日會？」他也苦笑了。

她碎唸：「生日又有什麼好慶祝……」

「你不會感恩嗎？最起碼要感謝生下你的母親啊！」

「那你替我母親慶祝好了。」

「也好……」

「什麼？」

「沒什麼。」

「……喂，那麼到時候，我豈不是要連續吃幾天生日蛋糕嗎？」

「你怎猜到的？」他喜道，彷彿這才是他的真正目的。

「原來你是想我變得更胖嗎？」

她怒喊，然後掐著他的脖子，他沒有反抗，就只是笑著慘叫了一聲。

———

「這是什麼？」她搖搖手上的黑繩子。

「狗繩。」說完，他又伸手往背包中搜索。

「你想我用來套著『叮噹』嗎？」她看看他。

「當然啦，每次去你家，牠總是想奪門而出……你要當心，總有一次牠會就這樣跑了出去，不再回來。」

「但……我不想套著牠啊。」她看著狗繩微嘆。

「隨你喜歡。」他搖搖頭，然後又掏出了一條繩子。

「這是什麼？」她搖搖那條有隻毛狗頭的灰繩子。

「手機繩。」說完，他又伸手往背包中搜索。

「你想我用來繫在手機上？」她又看看他。

「當然啦，每次你聽完了電話，都忘記將它收好……你要當心，總有一天它會就被別人偷了。」

「但……它跟我的手機不相襯啊。」她看著手機繩微嘆。

「隨你喜歡。」他又搖搖頭，然後又掏出了幾個小罐子。

● ● ●　就算不會再見，但還是會在回憶裡尋覓對方。

再見，
不要再見

The last time
we say goodbye.

「這是什麼？」這次她沒有接過罐子了。

「貓糧嘛，你上次叫我替『小黑』買的。」

「哦……那謝謝你了。」

「不客氣，總共六百二十八元。」

「什麼六百二十八元？」她一呆。

「就是狗繩、手機繩加貓糧的價錢嘛。」他笑笑。

「不是你送給我的嗎？」

「誰說要送給你了，而且這些都是你才會用的東西
呀。」

「有沒有搞錯？」雖然這樣說，她仍是掏出了錢包。他
看在眼裡，卻忍不住偷笑……

因為六百二十八元，其實就只夠買幾罐貓糧而已。

———

「香嗎？」她問他，然後拿起香水朝他噴了一下。

「喂、喂、喂！」他連忙後退，嚷：「我鼻子敏感
的！」

「別怕嘛，味道不濃的。」她笑笑，把玩著香水瓶。
「你說喜不喜歡？」

「怎麼會這樣古怪的？」他接過粉色的香水瓶，瓶上有

著一張女性的臉。「是洋娃娃頭來嗎？」

「哪裡古怪了！」她搶回香水瓶，又嗅了一遍瓶口。「這可是限量版來的。」

「不過是香水而已，想不到也會有這麼多款式，真令人大開眼界……」但他的語氣沒有多少佩服意味。

「就是嘛，」她留意不到，開心地繼續說：「聽說遲些還會推出戀愛版的香味呢！」

「戀愛版的又會是怎樣的味道？」他失笑。

「我都不知道呀……也許是嗅了之後，就會讓人生出戀愛中的感覺吧？」

「那……你到時還是不要買好了。」

「為什麼？」

「我怕我鼻塞，會嗅不出戀愛的味道。」他胡說，然後又忍不住大笑，讓她心裡有點生氣。過了一會，他又這樣說了：「而且我的鼻子，現在就只接受得了這種味道，若你將來換了其他香水，我很可能會認不出你呢。」

「你……你認不得出，與我又有什麼關係了？」

然後，一陣尷尬，兩人就沒有再為這個話題說下去。

───────

「為什麼……你這麼有空？」

「我有沒有空，又有什麼關係嗎？」

「如果……你沒有空時，你就不會再來吧？」

「你想呢？」

「我在問你。」

「如果……」

「嗯？」

「……算了。總之你高興的話，我就會來的。」

「那麼，為什麼你……」

「嗯？」

「……算了。只要你開心的話，我也沒所謂。」

「你幹嘛學我說話了？」

「哪有？是你在學我說話吧？」

「還說沒有？看你剛才說了什麼？」

「你才是！」

「你學我說了個『你』字了！」

「……你好無聊。」

　　然後，兩人再沒有說話，就只是各自看著眼前的筆記，很努力地很努力地，假裝沒有傾聽旁邊的呼吸聲，還有自己

的心跳聲。

———

後來，「叮噹」真的奪門而出，手機真的忽然失蹤。

後來，ANNA SUI推出了巴黎戀愛香芬噴霧，她卻不再讓其他人替自己辦生日會。

而在這些後來之前，他已經沒有再出現在她的身邊。

圖書館窗前的那一對座位，以後就只剩下一個人的身影，直到她終於畢業為止。

———

「對不起，我認識你嗎？」

沒有人作聲。

「喂？」

仍是沒有半點聲音，最後螢幕更顯示對方已經掛線。

她看著手機，一臉不解；到底是誰呢？雖然那把聲音、那點語氣，是有種熟悉的感覺，但地鐵車廂裡實在太嘈吵，使她不能肯定那會是誰。她一邊收起手機，一邊出神的走到前面空出的座位坐下，心裡仍在想著，剛才手機裡的人是

● ● ● 你相信終有天，自己會捨得將這份遺憾，變成一段不會再重來的回憶。你相信。

　　誰……

　　會是他嗎？

　　或者不過是一廂情願。她心裡微微苦笑，輕輕呼了口氣，忽然身旁的乘客霍然站起，並瞬即離開了車廂。本來這是一件很平常的事，睡著了的乘客突然驚醒要趕著下車，這種情況她自己也有過不少；只是那個人的背影，卻讓她覺得有點眼熟……

　　會是他嗎？

　　她忍不住失笑，這個念頭竟然連續出現了兩次，大概是自己想得太多了。她戴回 iPod 的耳機，繼續細聽那一首，他以前很喜歡聽的歌──不知道他現在還會否一樣喜歡？想到這裡，一陣失落感驀然充斥於心坎裡。她輕輕搖頭，想沖淡這一種感覺，眼光無意中往車窗外飄，碰巧見到那個眼熟的身影在外面走過……

　　會是他嗎？

　　她從皮包掏出手機，按了幾下鍵，看著剛才來電的電話號碼，只覺得很眼熟；似乎自己曾經跟這組號碼，發生過無數聯繫，手機另一端的主人，應該是一個自己真正認識的人。她默想了一會，緩緩按下了撥出鍵，凝視顯示螢幕，心裡漸漸變得緊張起來。然後過了好一會、好一會、好一會，電話終於接通，她連忙將手機放到耳邊，低聲問：

「對不起，我認識你嗎？」

沒有聲音，沒有反應，沒有交流。

「我不認識你。」

沒有感情，沒有起伏，沒有牽動。

接著，對方掛斷了線。

接著，她終於肯定，自己是真的認識這一位，說不認識自己的人。

只是如今肯定得，有點遲了。

● ● ●　只是每次想起，竟然錯過了這一個誰，還是會後悔，為什麼最後未能好好地說再見。

後記 —— 就讓我們好好地說再見

A：

很久不見了，你好嗎？

記得上一次見面，是大約半年前。其實也不是很久。但還是會覺得，好像已經很久沒有見過你了，沒有好好地和你坦誠地聊過天。那次見面，我們約在一間沒有窗的咖啡店，彼此一直都努力地掛著笑臉，彷彿友好和諧，也彷彿在防備或逃避著什麼，勉強掩飾某種難耐的沉默。最後，我無意中看了一下手錶，你說不如走吧；離開咖啡店，我說我會在附近逛一下，你說你要回家，我們下次再約吧。然後我們走向不同的方向，然後，在兩個小時之後，我在街上遠遠看到你的身影，我沒有追上你，就只是看著你漸漸地走遠。

想想，上一次，我們認真坦誠地交談交心，是在什麼時候。最近每次碰面，我們都總是微笑著的，因為彼此都不是捨得讓別人難堪的人。但每次見面後，感覺卻沒有讓大家變得更靠近，感覺，就好像剛剛碰見一個新認識不久的朋友，

但其實我們已經認識了很多年了。後來偶爾回看，這些年來，我們每次碰面，聊的事情都不會太深入。我們會聊工作，會聊很多別人的事情，例如最近與哪些共同朋友碰過面，或是又聽到了某些趣聞軼事，但是關於我們自己的近況，總是淺嘗輒止；每次我們都會鼓勵對方加油，但是我們彼此為了一些什麼而在認真地苦惱，卻從來不會問得太深入。總是會說，別想太多，一切總會好起來的。還是其實我們只是怕，有些事情如果問得太多、說得太深入，到頭來還是會換來對方的逃避或拒絕；然後我們就會無法再否認，其實我們並不是真正深交的朋友，我們就只是一對擁有朋友名義的陌生人。

又或者，這一切都只是我一個人想得太多。

偶爾也會想告訴你，我最近在忙著什麼，在為著什麼事情而努力。例如這本書裡的故事，是寫在我們認識的這些年裡。有些你是曾經看過，有些你可能已經忘了，有些想法是與你有關，有些曾經也已經無法再與你從頭說起。有些心情，最後你還是無法完全明白，只能換來你的默然以對。有些無奈，最後我還是沒有勇氣向你說清楚，由得你繼續誤解下去，然後漸漸抽離。有時會想，為什麼彼此會變成如此陌

生，是不是自己已經錯過了什麼。然後又會想，我們依然會
碰面，依然會微笑，雖然總是相敬如賓，但也是一種難得的
緣份。回想最初能夠與你相知相遇，其實是經過了多少巧合
與運氣，你的溫柔、熱心與善良，又教我怎麼能忘。但有時
會想，這會不會是我的一廂情願，會不會變成一道讓彼此變
得勉強的枷鎖，讓這些年來始終無法真正交心的我們，因為
守住一份其實已經不可再回去的往昔，而不能夠好好地向對
方說再見⋯⋯

　　以前自己曾經寫過這一段話：「有誰曾說過，如果想遠
離一個朋友，其實無需用上『絕交』這兩字，只要不聯繫，
只要不見面，兩個本來走在不同路上的人，有天總會自動變
做陌生的途人。」但原來，對於始終捨不得不再見面的人們
來說，繼續如此下去，卻又會是另一種難過。若是如此，那
不如讓我來做比較自私的那個人。最後一次，就讓我們在這
本書裡，好好地說再見。

　　讓我們在哪日終於可以敞開心扉時，再親口說一聲再見。

或許有些人是註定只能彼此錯過，
但是，我喜歡你，從來都沒有後悔。

十二首歌

【特別珍藏版】

Middle —著

Middle最念念不忘的作品！
全新增修×全新序文×頁眉秘密絮語×雙面書衣隱藏彩蛋！

國家圖書館出版品預行編目資料

再見，不要再見 / Middle 著. -- 初版. -- 臺北市：皇冠，
2019.06
面；公分. --（皇冠叢書；第4773種）(Middle 作品集；2)
ISBN 978-957-33-3456-9（平裝）

855   108009556

皇冠叢書第4773種
Middle 作品集 2

再見，不要再見

作　　者—Middle
發 行 人—平　雲
出版發行—皇冠文化出版有限公司
　　　　　臺北市敦化北路120巷50號
　　　　　電話◎02-27168888
　　　　　郵撥帳號◎15261516號
　　　　　皇冠出版社(香港)有限公司
　　　　　香港銅鑼灣道180號百樂商業中心
　　　　　19字樓1903室
　　　　　電話◎2529-1778　傳真◎2527-0904
總 編 輯—許婷婷
責任編輯—蔡承歡
美術設計—嚴昱琳
著作完成日期—2019年06月
初版一刷日期—2019年07月
初版八刷日期—2023年09月
法律顧問—王惠光律師
有著作權・翻印必究
如有破損或裝訂錯誤，請寄回本社更換
讀者服務傳真專線◎02-27150507
電腦編號◎558002
ISBN◎978-957-33-3456-9
Printed in Taiwan
本書定價◎新臺幣280元/港幣93元

● 皇冠讀樂網：www.crown.com.tw
● 皇冠Facebook：www.facebook.com/crownbook
● 皇冠Instagram：www.instagram.com/crownbook1954
● 皇冠蝦皮商城：shopee.tw/crown_tw